포스트・잇

포스트잇

권소희 장편소설

'나?일수도 있었다.

청승 들어가. 모작하면 꼭 연락하고

쓰스스는 비성 시간에 걸어 온라자 그건이 가장 강력한 사기연다 - 남자가 남자에게

살려주세요 살아 못 있다

도화

비정규직은 혼자 와서 죽었고

정규직은 셋이 와서 포스트잇을 뗀다.

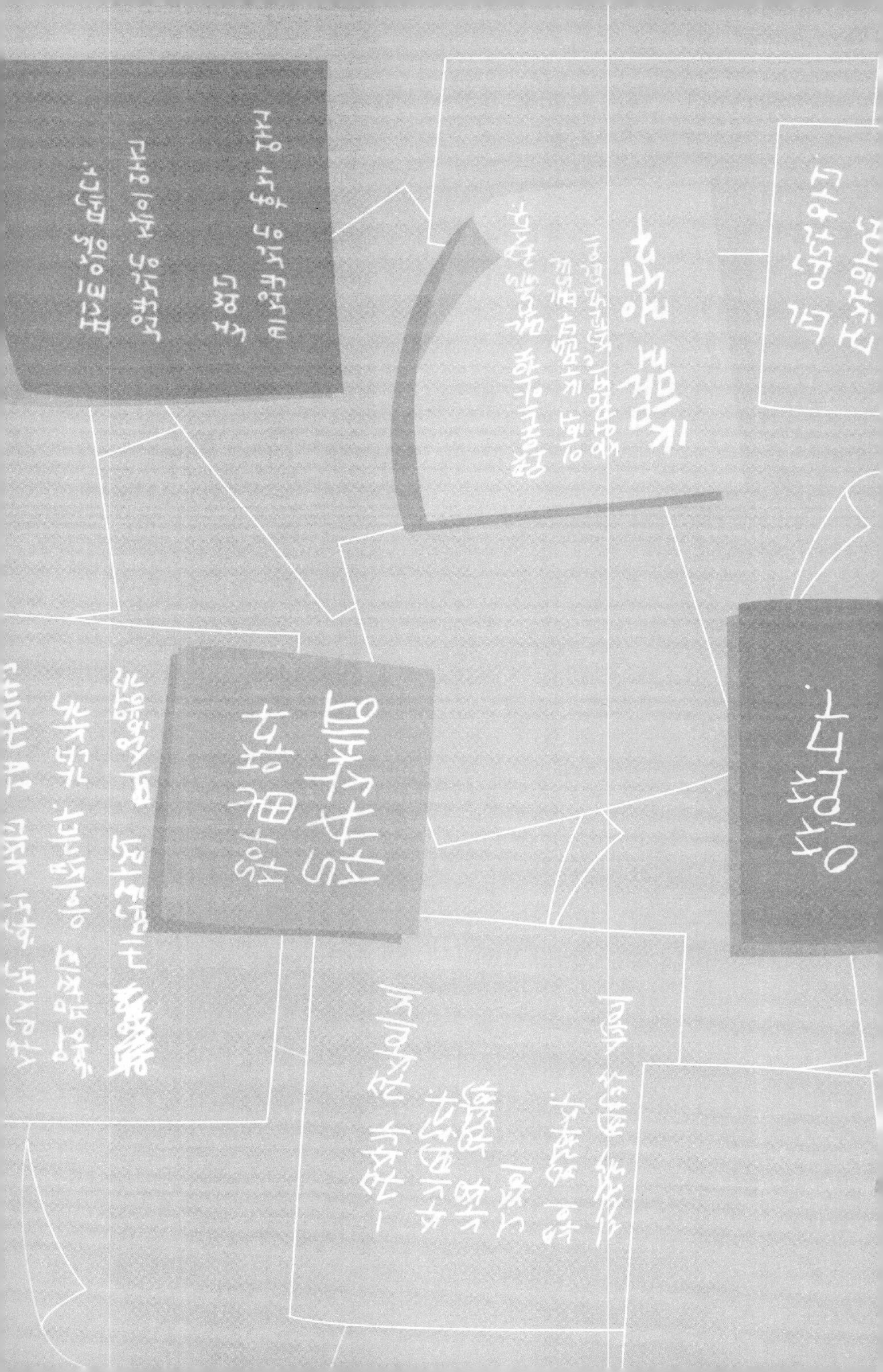

차례

작가의 말

'포스트잇'은 외침이고 저항이다

장편소설 『포스트잇』은 거북한 이야기다. 금지된 사랑을 나누는 남녀의 손을 잡고 어둑한 골목길로 안내하기 때문이다. 이 글을 읽는 동안 독자에게 심적으로 불편함을 주었다면 성공한 거라 여긴다. 집필하는 내내 나도 그랬으니까. 몇 번을 쓰다가 멈추고 망설였다. 이 작품을 발표하고 난 후의 반응이 걱정되고 염려되었다.

사랑이 집착으로 변질되는 초감각적인 시대를 살아가는 현대인에게 사랑은 무엇일까. 지금껏 무수히 많은 작가들이 사랑을 해석하고 정의를 내렸다. 사랑이 감정의 배설물로 전락해가는 세태를 우려하며 나도 그 대열에 합류했다. 정확히 표현하자면 사랑이 아니라 사랑이라고 여기는 착각이 빚어놓은 절망을 말하고 싶었다. 부적절한 관계가 사랑이 아니라고는 할 수 없을 것이다. 다만 절제하지 못한 자가 치러야 할 대가는 있는 법이다.

2019년에 발발했던 바이러스로 온 세계가 경직되었을 때 나는 한국과 미국을 오가며 이 작품을 구상했다. 세상은 코로나로 경직됐지만 나는 새로운 창작 소재에 가슴이 뛰었다. 아마도 바이러스가 창궐하지 않았다면 이 소설은 탄생하지 못했을 것이다. 코로나와 헤르페스를 연결시켜 음습하고 치졸한 사회 단면을 그려나갔다.

　　정의를 부르짖고 불의에 참지 못하는 나, 「조밀양」이라는 인물을 통해 보편적인 인간애를 지니고 평범하게 살아가던 양심이 권력의 그림자를 잡으려다 나락으로 떨어지는 과정을 그려나갔다. 부적절한 관계를 맺었던 주인공의 죄책감이 개인의 일탈과 무관하게 분노로 튀어나왔던 그 밑바닥은 위력과 위계에 의해 농락당하고 그로 인해 인생이 망가져도 항변할 수 없는 사회 구조와 여자에 대한 그릇된 처우에서 출발했다. 주인공의 선택에 고민하지 않을 수 없었다. 완전무결하지 않은 사람에게 정의의 실현이란 어떤 의미가 있는 것일까.

　　세계가 경탄했던 '촛불집회'를 떠올렸다. 추운 날씨를 마다하지 않고 광장에 모여 들어 촛불을 들었던 군중들은 각자의 삶의 무늬를 갖고 있는 사람들이다. 하지만 그들의 삶이 도덕선생처럼 절제되고 금욕적인 생활을 하고 있다고는 보지 않는다. 힐끔힐끔 신호를 위반하기도 하고 슬쩍 수완을 부려가며 태연하게 살아갔을 것이다. 그런 그들이 촛불을 들고 거리로 나왔다. 대통령의 탄

핵을 이끌어내던 촛불집회에 운집한 비폭력 저항은 얼마나 아름답던가. LA에 거주하는 나는 촛불시위에 직접 참여할 수가 없어 겹겹이 내뿜는 사람들의 열기는 느낄 수 없었다. 그러나 인터넷에 올려진 사진만 봐도 그 불빛은 어느 예술품보다 뭉클했고 힘이 느껴졌다.

촛불 하나 켰을 뿐인데.

사람들은 불의한 세상에서 꾸역꾸역 살아간다. 불의를 묵인하는 게 아니라 하루하루 삶이 팍팍하기 때문이다. 그래서 권력자는 착각한다. 잠자코 살아가는 서민들이 힘이 없는 줄, 밟아도 외치지 못하는 줄 오해하는 것이다. 불의가 거세되지 않는 세상에서 가질 수 있는 희망은 어떤 것일까? 소리를 내는 것이다. 강남역 10번 출구에 붙였던 포스트잇에 적힌 그 글귀가 힘없는 이들의 외침이고 그 문자가 결국은, 세상을 바꾸어놓는다.

포스트·잇

이방인의 노래

나는 안동으로 향했다. 무턱대고 잡은 일정이었다. 서울에서 걸리는 시간이 6시간이라는 걸 진즉 알았다면 급행열차표를 미리 예매했을 것이다. 즉흥적으로 안동을 가기로 결정했고 서두르다보니 아차 싶었다. 뒤늦게나마 서울로 오는 상행선은 KTX표로 예매할 수 있었다. 그래도 아쉬움은 남는다. 말이 6시간이지 장시간 기차를 타야 한다는 건 생각만 해도 뒷목이 뻣뻣해온다. 빠른 판단은 늘 실수를 낳는다. 밀어붙이는 추진력 때문에 낭패 보는 게 어디 한두 번인가. 알면서도 고치지 못하는 걸 보니 앞뒤 재지 않는 버릇은 죽을 때까지 변하지 않을 것 같다. 그래도 위안을 삼는다. 원래 일상은 헛다리짚는 게 다반사라며.

기차표를 지갑에 넣었다. 매 순간 치밀하게 계획을 짜놓고 실천을 한다는 건 불가능한 일이다. 추진력이 낭패를 보는 건 계획을 세우질 않아서가 아니라 원래 인생이란 예측불허의 블랙홀로

빠져드는 거다. 손해가 났더라도 받아들이기 나름이라며 마음을 챙겼다. 암만 그렇게 위로를 해도 후회가 밀려든다. 완행열차를 타기 위해 플랫폼으로 내려가는 걸음걸이가 쌔무룩하다. 인생이 쓴맛 단맛이라지만 내게 인생이란 레몬을 씹은 듯 몸서리가 쳐진다.

끝도 없는 자책이 덜컹덜컹 레일과 맞물리는 바퀴소리에 실려 온몸으로 전해졌다. 소실점으로 모아졌다가 눈길을 줄 겨를도 없이 빠르게 뒤로 물러나는 창밖 풍경들을 물끄러미 바라보았다. 기다랗게 산줄기가 지나고 잔잔한 강물이 나른하게 흐르고 있었다. 색색의 포스트잇을 붙인 듯 화려한 나뭇잎들이 가을을 매달고 있다. 곧 겨울바람이 들이닥칠 텐데, 땅은 차갑게 얼어버릴 것이고 세찬 눈보라가 몰아치면 앙상한 몰골로 휘청거릴 게 아닌가. 그것을 아는 듯 수분 마른 나뭇잎들이 조각난 색종이처럼 바람에 실려 땅 아래로 나부꼈다. 말라가는 대지의 수분을 힘겹게 뽑아 올릴 가여운 나무들이 잔상을 남기며 휙휙 밀려났다. 경추의 힘을 풀고 뒤통수를 의자에 기댔다. 긴장되었던 허리 부근도 저절로 이완됐다. 6시간 동안 내가 할 수 있는 건 끊임없이 떠오르는 생각을 다독이거나 잠을 청하는 일이다. 허나 눈을 감아도 잠은 오지 않았다. 차창 밖으로 나무가 지나가고, 강물을 따라 가더니 지붕 얹은 동네가 나타났다. 벼 베기가 끝난 논바닥은 훈련소로 향하는 신병의 두발처럼 말끔하다. 황량한 빈 땅을 보니 난

데없이 설빈이가 불렀던 노랫소리가 귓전에 가물거렸다. 가을걷이가 끝난 너른 벌판과 그녀가 읊조리던 곡조가 뇌를 파먹는 벌레처럼 눈앞에서 비문증처럼 맴돌았다. 그녀의 노래, 아니 그의 노래였다.

돈데 보이 돈데 보이 에스뻬란사 에스 미 데스띠나시온

솔로 에스또이 솔로 에스또이.

이방인의 곡조를 그녀도 알고 있었다. 그녀가 그 노래를 흥얼거리자 온몸에 알 수 없는 반응이 일었다. J가 알고 있던 그 노래를, 워낙 유명한 곡이었으니 그녀도 아는 거라고 애써 떨림을 눌렀다. 하지만 당황한 마음을 감출 수는 없었다. 수전증 걸린 듯 미동으로 떨리는 손을 그녀에게 들킬까봐 얼른 주머니 속에 손을 집어넣었다. 애절한 노랫가락을 그녀는 경쾌하게 콧소리로 흥얼거렸다. 잘록한 허리를 흔들며 설빈은 사무실 바닥을 닦았다.

돈데 보이, 돈데 보이.

J는 그 노래를 들으며 잠이 들곤 했다. 등을 돌리고 자는 그의 등허리는 언제나 처음 만난 남자처럼 낯설게 느껴졌다. 뜻을 알 수 없는 남미 노래는 그와 나 사이에 다가설 수 없는 거리감을 만들어주었다. 이방인의 언어, 무슨 뜻인지 모르는 곡조는 가슴에서 토해내는 듯했다. 노래의 제목을 물었지만 J는 그것도 모르냐며 퉁명스럽게 면박을 주었다. 내게 자격지심을 불러일으키던 노래를 설빈은 원어로 흥얼거렸다. 묘한 적개심이 이마까지 올

라왔다.

그가 미웠다. 난 그 노래가 정말 듣기가 싫었다. 언제부터인가 나는 노래를 부르지 않았다. 나이를 실감했고 노래를 부르지 않는 나이가 되었다는 것을 그때 깨달았다. 그의 등허리를 바라볼 때마다 초면처럼 느꼈던 어색함은 무엇이었을까? 제목을 알 수 없는 노래 때문이라고 핑계 대고 싶었다. 나비가 사라진 계절에는 사랑도, 노래도 떠나가는 거라고 프레임을 만들고 싶었는지도 모른다. 나이를 먹어도 감성이 사라지는 건 아닐 텐데 메마른 나무처럼 살다 보니 사계절 중에 가을이 어울리는 나이가 되고 말았다.

열흘째다. 설빈은 지금껏 연락도 없이 돌아오지 않았다. 젊고 아리따운 그녀는 떠날 이유가 없는데도 돌아오지 않았다. 등칡나무 이파리에 숨어 천적들로부터 자신을 보호했던 사향제비나비처럼 스스로 날아간 걸까? 돌아오지 않는 그녀를 떠올릴수록 머릿속은 석회가루 칠한 듯 허옇게 뒤범벅이다.

유난히 하얀 피부, 한 줌도 안 돼 보이는 작은 얼굴, 오목조목하게 조화로운 그녀의 모습은 하품을 해도 갓 태어난 아기처럼 귀여웠다. 그런 그녀를 세상이 질투하는 건 당연하다. 끊임없이 생산되는 입방아에 시달리다 못해 동네를 떠날 수밖에 없었다고 그녀는 말했다. 고향이 싫어서 도망치듯 떠나왔다는데 나는 그녀의 행방을 묻기 위해 안동행 기차를 탔다. 엄마가 보고 싶어도 사람들 눈을 피해 새벽에 집으로 들어갔다는 그녀의 집을 과연 내가 찾아낼 수는 있을지.

　-언니, 안동역 근처에 있는 시장 건너편이 우리 집이야.

　시간을 6시간이나 뭉텅 잘라먹은 기차가 안동에서 멈췄다. 나는 개찰구를 빠져나왔다. 역 앞에 있는 관광안내소에 들러 지도를 한 장 얻었다. 지도를 펼치니 설빈이 말한 시장은 역에서 얼마 걸리지 않은 가까운 거리에 있었다. 시장 부근에 집이 한, 두 채가 있는 것도 아니고 막막했지만 아무리 찾기 힘들어도 말도 안 통하는 로스앤젤레스까지 갔던 내가 설빈이가 살던 집을 못 찾을까 싶었다.
　일단 시장 안으로 향했다. 배도 몹시 고팠다. 서울에 비해 인구밀도가 적어서 그런지 아니면 코로나 여파 때문인지 시장 안은 한산했다. 지붕을 덮어도 될 만큼 커다란 플라스틱 비닐로 진열대를 덮은 가게도 눈에 많이 띄었다. 영업을 하지 않는 모양이다. 드문드문 간판 조명등이 켜져 있었다. 안동은 찜닭으로 유명하다는데, 눈과 마음은 시장 초입에서 갈피를 못 잡고 머뭇거렸다. 찜닭을 먹으려니 간고등어가 시선을 끌었다. 어느 집으로 들어갈까. 시각으로 흡수한 많은 정보는 늘 갈등을 일으켰다. 어느 음식을 먹어야 후회를 하지 않을 것인가. 실은 맛이 아니라 손익 계산을 따지는 중이다. 눈망울을 굴리며 망설인 끝에 안동의 또다른 명물인 간고등어를 먹어보기로 하고 식당 안으로 들어갔다.

"어서 오십니껴. 뭐 드실람니껴?"

생소해선가, 처음 들어보는 안동 사투리에 간고등어 달라고 얼른 주문하지 못했다. 낯선 말투에 그제야 '내가 서울이 아닌 타도시에 와 있구나' 실감했다. 이곳에서 낳고 자랐을 설빈은 한 번도 내 앞에서 사투리를 쓴 적이 없었다. 그녀가 고향을 벗어나서 서울에 도착했을 땐 어떤 기분이었을까? 내가 미국 로스앤젤레스 탐 블래드리 공항에 도착했을 때 느꼈던 그 이질감과 똑같았을까. 익숙함을 벗어난다는 건 어른이 된다는 것인지도 모른다. 집을 떠나지 않으면 사람의 영혼은 영원히 피터 팬이다. 어른이 되기 위해 한국을 떠났는데 어이없게도 나는 망가진 채 돌아오고 말았다.

"저, 말씀 좀 묻겠는데요? 혹시, 황설빈이라고 이 동네에 살았다는 데 들어본 적이 있나요?"

식사를 다 마친 나는 그릇을 치우기 위해 다가오던 식당 이모에게 물었다.

"황 서얼빈? 내사마 처음 들어봅니더."

알 리가 없지. 내가 지방이라고 너무 만만하게 본 모양이다. 그녀가 어릴 적 자신의 놀이터가 시장이라고 했으니 분명 그녀의 존재를 기억하는 사람이 있을 거라 단순하게 생각한 게 판단착오였다. 시장을 몇 바퀴 돌아다녀도 그녀를 안다는 사람은 나타나지 않았다. 다리에 힘이 풀렸다. 대책 없이 길을 나선 것을 후회하는 것은 아니다. 애초에 쉽지 않을 거라 여겼으면서도 기꺼이 길 헤매기를 자처했다. 그녀가 사라졌다고 실종신고를 해야 한다면 우선 그녀의 가족을 먼저 만나야 하는 게 순서였기에.

어둑어둑 빛이 사라지고 있었다. 짧아진 낮의 길이가 계절의 변화를 말해주고 있었다. 사람 찾기는 일단 접고 시장 안을 돌아다니다 눈여겨 봐둔 게스트 하우스로 향했다. 가격도 저렴해서 경비 부담도 덜 겸 그곳에서 하룻밤을 묵기로 했다. 게스트 하우스 직원은 친절했다.

"여행 오셨나요?"

"아…, 네."

"월영교에 한 번 다녀오세요. 야경이 볼 만합니다."

그는 사투리를 쓰지 않았다. 여자 혼자, 집이 아닌 곳에서 하룻밤 지내겠다고 방문했으니 여행객이라고 단정 짓는 것도 무리는 아니다. 나를 여행객으로 생각하는 그의 짐작에 맞장구치듯 고맙다고 인사했다. 침대밖에 없는 방안에서 잠시 멀거니 있다가 직원의 권유대로 월영교의 야경을 보기 위해 밖으로 나갔다. 월영교 다리 끝까지 이어진 불빛을 따라 걸으며 내일을 고민했다.

손에 쥔 핸드폰이 진동으로 떨렸다. 남편이다. 이미 여러 차례 핸드폰에 남편의 전화번호가 찍혀있었지만 응대하진 않았다. 사실대로 말하자니 설득이 필요한 일이고 촬영이 있노라고 거짓말을 했으니 추궁하면 아귀가 맞지 않는 변명을 계속해야 할 것 같았다. 사무실을 철수하라는 남편의 성화에 사이가 냉랭해진 요즈음이다. 설빈을 찾아 나섰다고 하면 신선놀음한다고 비아냥거릴 게 뻔했다. 그녀의 집을 찾지 못하면 소득도 없이 서울로 가야 했다. 그다음은 어떻게 할 것인가. 경찰서를 찾아가 실종신고를 해야 할지, 며칠 더 기다려야 하는지 좀처럼 답을 얻을 수 없었다.

게스트하우스 직원의 말한 대로 야경은 아름다웠다. 사람들이 눈이 부시게 화려한 야경 불빛을 즐기며 다리를 건넜었다. 난 그 어둠을 신뢰하지 않는다. 더더군다나 가로등 불빛도 믿을 수가 없다. 불빛은 어둠과 한 편이라는 생각이 들었다. 정작 내가 보고 싶어 하는 것들은 어둠에 의해 가려지고 파장이 짧은 빛은 어둠을 밀어내지 못했다. 조명 불빛이 물결 위에서 부서졌다. 물속은 천년의 깊이로 어둡다. 여행이 아니라서 그런지 마음이 무겁고 찜찜하니 숙소에 돌아와서도 뒤척이느라 잠도 제대로 잘 수가 없었다.

새벽녘에 겨우 잠든 탓에 눈을 떠보니 햇살이 방안에 한가득이다. 쫓길 이유도 없는데 햇살에 떠밀려 허둥지둥 바깥으로 나왔다. 빛은 왠지 모르게 죄책감을 갖게 했다. 시간이든, 기억이든. 빛은 숨을 곳을 찾게 만든다. 죄책감을 변명하듯 허겁지겁 나는 다시 월영교로 향했다.

실루엣으로 야경을 받치던 어둠이 사라지고 월영교 아래는 가을을 듬뿍 받은 물결이 잔잔하다. 단순했던 어둠과 달리 자연광은 모든 것을 드러냈다. 멀리 보이는 우거진 수풀 사이로 벌어진 틈도 보이고 길바닥에 떨어진 종잇조각까지 낱낱이 보였다. 이상한 일이다. 어둠은 신뢰가 가지 않았지만 태양이 나타나자 증발하듯 암흑이 사라졌고, 설렘도 사라졌다.

시골시장의 아침은 대체로 느리다. 다행히 아침 식사를 제공하는 노점을 발견할 수가 있었다. 나이가 지긋하신 분이 토스트를 만들고 있었다. 아침 요기는 간단하게 때우기로 했다. 커피와 토스트를 주문하고 슬쩍 지나는 말로 나는 핸드폰에 저장된 사진을 보였다. 기대라기보다는 자포자기 심정이 더 가까웠다.

"할머니! 혹시, 이런 얼굴을 본 적이 있으신가요?"

"하이고마, 이 누꼬? 설빈이 아닌겨?"

"이, 이, 여자를 아세요?"

"하모, 내 잘 아는 집 딸래미 아닌겨."

드디어 그녀를 아는 사람을 만났다. 가슴이 두근거렸다. 할머니가 일러준 대로 나는 시장을 나와 약국을 지나 편의점 골목 모퉁이를 돌았다. 한 5분쯤 걸었을까? 그녀의 말대로 그녀의 집은 시장과 아주 가까웠다. 머릿속으로는 무슨 말부터 꺼내야 할지 문장을 조합하지도 못했는데 어느새 그녀의 집 앞이다.

뭐라고 물어보지? 설빈이가 안동에 내려왔습니까? 아니, 그렇게 직설적으로 물으면 놀랄 것이다. 공연히 쓸데없는 질문으로 걱정을 안겨줄 필요는 없다. 대문 앞에서 서성이며 발밑에 시선을 떨구다 바닥에 놓여있는 봉투를 발견했다. 봉투를 집어 들었다. 편지봉투에 찍힌 로고는 전화국 로고였다. 고지서인 모양이다.

이남희 귀하.

설빈의 어머니 이름인가? 봉투를 손에 들고 나무판자에 박혀있는 토끼 눈알을 닮은 벨을 눌렀다. 하지만 인기척이 없었다. 집에 아무도 없는 모양이었다. 기다리기로 했다. 대문 앞에서 쪼그리고 앉다가 다리가 저리면 일어서서 스트레칭을 하며 저린 근육을 풀었다. 마냥 기다릴 수도 없지만 이제와서 포기할 수도 없는 일이다. 자칫하면 예매했던 KTX 열차표가 무용지물이 될지도 모른다는 현실적인 계산이 머릿속에 그려질 무렵 설빈과 비슷한 분위기의 여자가 저만치 걸어오고 있었다. 그녀의 어머니일 거라는 직감이 들자 나는 다짜고짜 다가가서 상체를 숙여 깍듯이 인사를 건넸다.

"아, 안녕하세요? 설빈 어머님 되시죠? 저는 황설빈 학교 선배인데 여행 왔다가 혹시 집에 있을까 해서 들렀어요. 설빈이가 안동에 오면 꼭 자기 집에 오라고 했거든요."

"아, 그러니껴? 설빈이는 고마 서울 갔는데…?"

"아, 그렇죠? 아직 서울에 있죠?"

그녀의 엄마는 딸의 신변에 어떤 일이 일어났는지 전혀 모르는 눈치였다. 천연덕스럽게 나는 되물었다. 딸의 선배라는 말 한마디에 설빈 엄마는 한사코 내 손을 대문 안으로 잡아끌었다. 처음 보는 내게 선뜻 호의를 베풀었던 설빈은 그녀의 엄마를 닮았다.

"설빈이에게 누가 왔다카면 되니껴?"

"조밀양이 왔다갔다고 전해주세요."

그녀가 사라졌는데도 세상은 헐렁한 병뚜껑마냥 헛돌며 굴러가고 있었다. 나는 솔직하게 딸의 행방을 찾기 위해 찾아왔노라는 말을 끝내 털어놓지 못했다. 누군가 알지 못하는 비밀을 갖고 있다는 건 죄책감이 아니라 오히려 우월감을 안겨준다는 걸 다시금 확인했을 뿐이었다.

예매했던 상행선 기차표는 무용지물이 되고 말았으니 어디든 가서 뻔뻔한 하룻밤을 묵어야 했다. 남의 집에서 신세를 지는 일이 어디 한두 번인가? 예정도 없이 설빈 집에서 하룻밤을 묵게 되었으나 묘한 기분이 들었다. 넙죽넙죽 장소를 가리지 않던 내가 그녀의 집에 있다니. 집안 구석구석 손댈 데가 많아 보였다. 마당 가운데에 놓인 수돗가를 물끄러미 바라보았다. 추운 날씨에 사방이 뚫린 수돗가에서 세수를 하던 설빈을 상상했다. 그 불편함이 그녀를 도망치고 싶게 만들었을까. ㄷ 모양의 한옥구조는 온기가 모아지지 않고 분산되었다. 집 나간 딸을 기다리며 마음의 추위를 견디던 그녀의 엄마는 나를 자신의 딸을 본 듯 반겼다.

안동에서 서울로 돌아가는 상행도 하행하던 때의 묵직함을 전혀 덜어내지 못했다. 달려가는 시간이 지구를 이탈한 위성처럼 우주에서 유리하는 느낌이었다. 이젠 경찰서를 찾아가는 일만 남은 것 같다. 그런데 그녀의 실종을 어떻게 설명해야 하지? 내가 망설이는 이유는 다른 게 아니었다. 실종됐다는 걸 증명하려면 나와의 관계를 설명해야 하고 그러려면 내가 그녀를 처음 만났을 때를 밝혀야 한다. 진땀이 났다. 찐득해진 이마의 수분을 손부채로 날렸다. 빠르게 달려가는 기차의 속도에 맞춰 지난 기억이 가슴을 후볐다. 처량해졌다. 골목길을 배회하는 유기견이 된 심정이다. 어디서부터 뒤엉킨 걸까. 지금까지 살아온 인생이 파노라마 사진처럼 펼쳐졌다. 남들 다하는 대로 때맞춰 학교에 입학하고 졸업했다. 나름 능력도 있어 카메라를 들고 다니는 전문인으로 살았다. 대인관계도 그리 나쁜 편도 아니고 사회생활에 적응하지 못하는 정신적 장애가 있는 것도 아니다. 옳고 그름을 판단하는 가치 기준도 있는 지성인이라는 자부심도 갖고 있었다. 그랬던 나였다. 신실한 종교인은 아니라 해도 남에게 눈살 찌푸리게 만드는 몰염치를 죄악시했던 나였다. 도덕적 가치를 최고로 삼았던 내가 J를 만나게 됐다는 게 잘못된 일이었을까. 달리는 차 창밖으로 휴지를 함부로 버리는 남편의 공중도덕을 못 견

더 했던 내가 J에게 도덕적 점수를 더 주었다는 건 설득이 되지 않을 일이다.

처음에는 남편과 J, 둘 중의 하나는 부족하다 여겼다. 아니 두 사람 중 한 쪽은 더 잘났다고 생각했다. 남편의 부족한 점을 J로부터 채울 수 있을 거라고 여겼던 그 판단이 오판이었다. 툭툭 생각 없이 내뱉는 남편의 언행은 폭력이나 마찬가지였다.

─지금이라도 늦지 않았으니 돈 많은 남자를 찾아가라고.

농담을 빙자한 남편의 실없는 소리는 차곡차곡 분노로 쌓여갔다. 반복되는 언어를 듣고만 있어야 한다는 게 화가 났다. 남이라면 안 보면 그만이다. 눈만 뜨면 마주치는 남편과의 대화는 듣는 횟수만큼 스트레스 호르몬이 분비됐다. 분노에 노출됐던 내가 J로부터 위로를 받게 되었다. 남편 때문에 생겨난 아드레날린은 J를 만나면 노르아드레날린로 바뀌었다. 한쪽은 절망감에 몸부림치게 만들었다면 다른 한쪽은 생기와 활력을 솟아나게 만들었다. 하지만 과도해진 감정은 갈증만 더할 뿐이었다. 목이 마르면 물을 마시면 되지만 사람으로부터의 갈증은 물로 채워지지 않았다. 실은 어느 누구부터로도 채워진 것은 없었다. 마음은 늘 허했고 더 외로웠다. J의 등허리를 마주하고 누웠을 때도 어디선가 냉기가 새어 들어오는지 발이 시렸다. 자신의 욕정을 해결하자마자 등을 돌리고 잠을 자는 J의 등허리는 서글펐다. 나는 그제야 잘못된 길에 들어섰음을 알았지만 나의 객기는 고장 난 브레이크였고 속도를 줄일 수 없었다.

　2주간의 자가격리가 끝나던 날, 나는 다급하게 약국으로 달려
갔다. 약국 안에는 나보다 먼저 온 여자 손님이 있었다. 약사는
여자에게 쌍화탕을 건넸다. 내가 기다리고 있음에도 아랑곳하지
않고 여자는 병마개를 비틀어 입안으로 들이켰다. 약사는 그녀가
돈을 지불하기를 기다렸고 나는 그녀가 자리를 비켜주기를 기다
렸다. 고개를 뒤로 젖힌 그녀의 얼굴 옆선은 높은 콧날을 지나 매
끄럽게 목덜미까지 흘렀다. 약사는 그녀 뒤에 서있던 내게 눈짓
했다. 고개를 까닥이며 ‘무슨 일로 왔냐’는 듯 눈으로 물었다. 나
는 여자와 약사를 번갈아 봤다. 쌍화탕을 먹은 그녀는 그제야 돈
을 꺼내려는지 핸드백을 뒤적였다. 더는 기다릴 수 없었던 나는
모기만한 목소리로 말했다.

　“저, 아사이클로버 있나요?”

　“아, 아소콜이요?”

　너무 소리가 작아 약사는 내 말을 못 알아들었는지 재차 물었
다.

　“아사이클로버요.”

　“연고요?”

　“먹는 약으로 주세요.”

　“의사 처방전 주실까요?”

아차. 처방전을 달라는 약사의 말이 끝나기가 무섭게 나는 약국에서 나왔다. 미국처럼 한국에서도 처방전이 필요하다니. 그 약을 달라는 것도, 처방전이 없다는 것도 너무 창피해서 핸드백을 뒤지던 그녀가 나를 바라보고 있다는 것도 알아차리지 못했다. 몇 발자국 걸었을까.

"저기요!"

"···."

"저기요!"

누군가 강력하게 내 팔을 잡아당겼다. 쌍화탕, 방금 전 약국 안에서의 그녀였다.

"이거 제가 갖고 있는 약인데, 이거라도 우선 드세요. 빨리 먹어야 물집이 크게 번지지 않아요."

켁켁. 순간 목구멍이 간지러워 기침을 해댔다. 편도의 점막이 자극을 받았는지 눈가에 눈물이 맺힐 정도로 기침을 뱉어냈다.

"아, 미안해요. 갑자기 목구멍이 근질거려서 그만···."

당혹스러웠다. 왠지 발가벗은 채로 그녀 앞에 서있는 기분이 들어서다. 그녀는 여전히 알약을 손에 들고 내 앞에 내밀고 있었다. 나는 정면으로 그녀의 얼굴을 바라보았다. 하얗고 맑은 표정의 그녀는 아름다웠다.

"초면에 그래도 될까요? 이 신세를 어떻게 갚아야 하지요?"

"우리의 인연은 아사이클로버예요."

덧니가 살짝 드러나는 그녀의 미소는 와플 위에 뿌려진 설탕가루처럼 하얗고 눈이 부셨다. 그런데 나와 그녀의 인연을 맺게 해준 것은 아사이클로버가 아니라 J였다.

자가격리

무기력한 아침이 또 시작됐다. 눈을 뜨자마자 체온계를 입안에 넣었다. 35.5도. 어제보다 체온이 약간 내려갔다. 어제는 37도였다. 내심 걱정을 했었는데 다행이다. 핸드폰을 켰다. 격리기간 동안 세상을 알 수 있는 유일한 통신기기다. 간밤의 실종 소식 결과가 궁금했다. 가족으로부터 시장의 실종 신고가 접수됐다는 뉴스였다. 실로 뜬금없는 뉴스가 아닐 수 없다. 의미심장한 메모를 남기고 서울시장이 사라졌다는 뉴스에 반신반의하며 잠이 들었다. 시장이라는 자리가 전화 한 통화로 자리를 비울 수 있는 가벼운 위치가 아니지 않는가. 소외된 시민을 대변했던 인기 많은 시장이 사라졌다는 실종 뉴스는 만우절 거짓말처럼 믿겨지지 않았다. CCTV에 모습을 드러낸 장소부터 700명가량 동원됐다는 수색대의 진행 상황을 보다가 자정이 다 되어서 겨우 잠이 들었다. 꿈속에서도 시장의 실종과 수색이 해프닝으로 끝나길 빌었다. 하지만 허탈하게도 불길한 예상은 안타까운 현실이 되고 말았다. 내가 잠이든 사이 수색대에 의해 시신으로 발견된 모양이다.

방광이 꽉 찼다는 신호가 느껴졌다. 화장실로 갔다. 요도를 훑고 나오는 오줌줄기가 닿는 부위가 수상쩍다. 따끔따끔 동통이 느껴졌다. 휴지로 회음부 주변을 토닥토닥 조심스레 물기를 닦았다. 신경절에 숨어있던 녀석들이 활동을 다시 개시한 모양이다. 늦게 까지 핸드폰을 들여다보며 잠을 설쳐서인가. 수포가 생긴 모양이다. 설마 부풀어 오른 물집이 터진 건 아니겠지? 물집이 터지면 그 피부의 아픔은 말로 표현할 수가 없다. 휴지로 쩔쩔매며 물기를 조심스레 닦아냈다.

> 연락이 두절된 시장이 오늘 새벽 0시쯤 북한산 부근에서 발견
> 됐는데요. 박미미 사회부 기자님 나와 있습니다. 안녕하세요.
> 오늘 새벽에 시장이 발견이 됐다고요? 발견된 상황을 간략하
> 게 설명을 해주시죠.
> 예상을 빗나가길 바랐으나 안타깝게도 시장은 이 세상 분이
> 아닌 채로 발견이 되었습니다. 어제부터 시작된 수색이 현재
> 는 종결된 상태입니다만….

비누를 묻혀 거품을 내는 동안 기자와 뉴스 앵커와의 대화가 진공청소기에 흡입되는 먼지처럼 귓속으로 빨려 들어왔다. 수도 꼭지를 틀었다. 쏟아지는 물줄기를 따라 비누거품이 쏜살같이 세

면대의 구멍 속으로 사라졌다.

왜 목숨을 끊었을까.

수돗물을 잠그고 손에 묻은 물기를 닦았다. 공관을 나온 시장의 모습이 찍힌 CCTV에서부터 발견된 시점을 조목조목 설명하는 기자의 목소리가 귓속의 진공관을 울렸다. 왜, 그런 선택을 했을까.

화장실을 나와 서둘러 화장품 파우치 백을 뒤졌다. 아사이클로버, 단 2알뿐이다. 물을 한 모금 머금고 단숨에 1알을 입안에 털어 넣었다. 뒷머리가 묵직하고 뻐근하다. 자살이 분명해 보이는 시장의 변사소식을 들었다고 두통까지 느껴지다니. 발견된 시신을 실은 구급차가 현장을 떠나자 주변에 몰려있던 시민의 울음소리가 부모의 죽음을 애도하듯 애절하다. 핸드폰을 껐다.

스트레스를 받지 말아야 한다. 하필이면 외출이 금지된 이 시점에 재발이 되다니, 그래도 하루만 지나면 격리에서 풀려난다. 그때까지 제발 물집이 번지지 말아야 하는데 내 몸속의 미생물들이 내 심정을 알 리가 없다.

13일 전, 나는 인천공항에 도착했다. 괴질이 스모그처럼 온 세상을 덮을 무렵 Los Angeles에서의 모든 일정을 접어야 했다. 연일 중국 우한의 한 연구소에서 유출된 동물의 사체가 바이러스의 진원지라는 문구가 인터넷 검색어에서 사라질 줄 몰랐다. 떠도는 낭설을 증명할 길은 없으나 인간이 만들어냈을 바이러스라는 소문은 빼곡한 출근길 지하철처럼 공포의 밀실로 밀어 넣었다. 누군가 올린 동영상은 흉흉한 소문을 더욱 부추겼다. 길을 걷다가 순간적으로 맥없이 쓰러지는 사람들의 동작은 마치 좀비영화를 보는 것 같았다. 눈으로 보면서도 받아들이기 힘든 상황이다. 병실이 없어 병원 앞에서 기다리는 중국인들의 아비규환 영상은 진위여부를 떠나 너무 충격적이었다. 그런데도 미국 정부는 중국에서 벌어진 일이라고 미온적으로 대하는 듯했다. 위정자들은 진실을 말해주지 않는다. 오히려 해마다 독감으로 3만 명씩 죽는다는 통계가 사람들 입에 오르내렸다. 독감에 걸려도 일 년에 3만 명 이상씩 죽을 수 있다는 걸 당연시 받아들이는 사람들은 코로나바이러스의 심각성을 인지하지 못하는 듯했다. 마스크를 쓰고 다니는 이들은 나처럼 동양인뿐이었다. 각국에서 벌어지고 있는 뉴스 보도는 점점 심각해져갔다. 80대 이상의 노인은 감염이 돼도 방치할 수밖에 없다는 이탈리아의 뉴스 보도는 생명의 존엄이 이미 무너지고 있음을 시사하고 있었다. 결국 미국도 점점 바이러스 확진자가 늘어난 모양이다. 사람과 사람 사이의 간격이 6피트라는 물리적거리가 강제적으로 정해지고 2주간 집에서 지내라는 LA 카운티 시장의 행정명령이 떨어졌다. 사람과의 만남을 통제당하는 행정적 조치는 전시상황을 연상케 했다. 툭 터진 야외에는 바이러스의 감염이 없다는 증명되지 않은 추측만이 불안함을 달래는 유일한 위로였다.

　세상이 술렁댔다. 지진의 여파는 여진까지 포함한다 해도 하루 동안 진행되지 않는다. 그러나 날이 지나갈수록 팬데믹 사망자의 통계는 많아졌고 그 보도를 접할 때마다 나는 초조해졌다. 눈에 보이지 않는 단세포의 등장으로 24시간이 가슴에서 타들어 갔다. 나도 한국행 비행기 표를 구매해야 했다. 촬영을 포기해야 하는 일은 정말 내키지 않았으나 백신개발이 언제 될지도 모르는 막연한 희망을 기대한다는 건 무모한 일이라 여겨졌다. 인터넷에 생수통을 뒤집어쓴 어느 여행객 사진이 올라왔다. 웃을 일이 아니었다. 나도 마스크와 쉴드 스크린으로 얼굴을 가리고 비행기 기내로 들어섰다. 비행기라도 탈 수 있으니 다행이다. 입국조차 막았다면 하마터면 국제 방랑자가 되어 발만 동동 굴렀을 것이다. 비행기 좌석은 한 칸에 한 명씩만 배당이 되었기에 텅텅 비었다. 전염병이 도는 이 시국에 폐쇄된 비행기를 탈 여행객이 있을 리 만무다. 내가 걱정할 일은 아니지만 직격탄을 맞은 항공사와 여행사가 파산할까 염려됐다. 하지만 빈자리가 많은 건 나로서는 반길 일이다. 승객이 꽉 차면 꼬박 13시간을 의자에 앉은 채로 있어야 한다. 승객이 없으니 빈 좌석 덕에 의자팔걸이를 젖히고 다리를 길게 뻗어 쪽잠이라도 청할 수가 있었다. 나는 행여나 비행기 안에 포말로 떠다니는 바이러스가 있을까 의심이 들어 마스크를 벗지 못했다. 게다가 화장실을 가지 않기 위해 두 차례의 기내식도 거절했다. 공기를 흡입하는 것도 두려웠다. 간신히 아침식사로 제공되는 죽을 뜨는 둥 마는 둥 했다. 비행기는 제시간에 맞춰 12시간 후에 인천 영종도 활주로에 착륙했고 나는 가방을 챙겨 입국심사대에 섰다. 곳곳마다 안내자들이 배치되어있었다. 안내자들은 비행기에서 쏟아지는 승객을 한 사람씩 맞이했다. 열 감지기로 사람마다 체온을 확인했다. 다행히 내 체온은 정상체온이다. 안내자의 지시에 따라 핸드폰에 자가격리 진단 앱을 깔고 공항버스에 올랐다.

"성국이니? 나 지금 너네 아파트로 가려고 공항버스에 탔어. 그래? 촬영 때문에 지방에 갑자기 내려가게 됐다고? 걱정하지 마. 네 집을 제공해줘서 정말 고마워."

내가 한국에 도착하면 맛집 투어부터 시작하자던 성국이었다. 빈말이라도 나를 배려해준 후배가 정말 고마웠다. 지방으로 촬영 출장을 가게 돼서 아무것도 준비를 하지 못했다는 성국이의 미안해함에 나는 진심으로 손사래를 쳤다.

―집만 제공해 줘, 다른 건 필요 없다. 2주 동안 집에 안 가고 격리를 할 수 있는 곳이 필요해.

LA를 떠나기 전에 나는 성국이에게 문자를 보냈다. 성국이는 내가 격리 때문에 한국에 가도 집에 들어갈 수 없는 거라고 받아들였고 흔쾌히 자신의 집에서 지내라고 했다.

성국이가 일러준 번호로 현관문을 열었다. 대학 때부터 알고 지낸 후배였지만 이렇게 그가 사는 집을 방문한 것은 처음이다. 만날 일이 있으면 서울 한복판에서 만나면 되니까 굳이 남양주에 사는 후배 집까지 방문할 까닭이 없었다. 환기를 위해 창문을 열었다. 혼자 사는 남자의 냄새가 이런 건지도 모른다. 땀 냄새도 아니고, 곰팡이 냄새라고 표현하기도 애매한 세포가 말라가는 냄새라고 표현하면 맞을까. 성국이는 자취생에 걸맞게 살고 있었다. 냉장고 문을 열었다. 반갑게 김치통이 보였다. 군내 나는 김치는 거의 바닥을 드러내고 있었다. 야채 칸에 굴러다니는 호박은 반쯤 썩어있어서 쓰레기통에 버렸다. 주로 끼니를 바깥에서 해결했을 테니 냉장고가 비어있는 건 당연하다. 냉장고 문 앞에서 망연자실 하고 있는데 다시 핸드폰이 울렸다. 성국이다.

"괜찮아. 걱정하지 마. 먹을 거는 무슨, 비행기에서 먹은 음식들이 아직 소화가 안 됐다. 아무튼 내가 여기서 2주 동안 지낼 수 있게 해줘서 고맙다."

배가 고프지 않다는 거짓말이 끝나기 무섭게 나는 부엌을 뒤지기 시작했다. 흙이라도 퍼먹고 싶었다. 다행히 컵라면이 있었다. 물, 생수가 없었다. 수도꼭지 앞에서 한참 고민하다가 수도꼭지를 비틀었다. 성분을 알 수 없는 무색의 물이 쏟아졌다. 원효대사가 잠결에 마셨다던 해골에 담긴 빗물을 연상하며 주전자에 수돗물을 담고 팔팔 끓였다. 새삼 컵라면이 반갑다. 컵라면의 출시로 지구가 멸망해도 인류의 생존가능성은 더욱 높아졌다. 라면은

유효기간이 있긴 하지만 썩지 않을 거라는 무한한 신뢰를 주는 생존물품이다. 뜨거운 국물과 함께 얼큰함이 후각을 자극하며 식도로 내려갔다. 시차 적응도 적응이지만 피곤함이 일순간 몰려왔다. 나는 컵라면을 먹은 후에 곧바로 곯아떨어졌다.

'음성'

격리를 시작한 다음 날, 전화 알림에 눈을 떴다. 검역검사결과가 핸드폰 액정화면에 떴다. 곧이어 구호물품이 도착했다는 문자도 화면에 나타났다. 문을 열고 밖을 나가보니 현관 앞에 커다란 상자가 놓여있었다. 안에 뭐가 들었는지 제법 부피가 크다. 무게가 느껴지는 상자를 손과 발로 끙끙 밀며 집안으로 들였다.

4kg 쌀과 햇반 9개, 900ml 간장, 1kg 된장 500g 고추장, 소금 한 팩. 12팩 김, 3분 카레 4개, 소고기장조림 통조림 4개, 참치 통조림 3개, 스팸 통조림 2개, 5개 들이 라면 한 팩, 그리고 60개입 밴드와 100매 알콜스왑, 물티슈, 임금님표 쌀 한 포.

이 정도면 어떤 극한상황이 닥쳐도 굶어죽을 염려는 없을 것 같았다. 나는 반가운 마음에 얼른 성국이에게 전화를 걸었다.

"성국아, 지자체에서 격리하는 사람한테 재해물품을 보급하나 봐. 지금 도착했는데 굶어 죽을 염려는 절대로 없으니 걱정하지 않아도 돼. 어쨌거나 나 때문에 네가 친구네 집으로 가야 한다니

내가 나중에 그 친구한테도 한턱 쏜다고 말해."

내가 격리 중이라서 성국이는 이곳에 올 수가 없다. 자기 공간을 내어준 성국이는 2주 격리 끝날 때까지 다른 사람의 신세를 져야 한다. 다행히도 지방출장이라니 빚진 마음을 덜어낸 기분이다. 성국이는 내가 집으로 곧장 들어가지 않는 이유를 캐묻지는 않았다.

공짜로 받은 재해물품으로 나는 먹고 싶은 식욕을 달래며 버텼다. 햄을 먹으며 갈비를 상상했고 고추장을 밥에 비비며 나물 섞인 비빔밥을 떠올렸다. 뇌를 속이는 일은 사람을 속이는 일보다 더 간단했다. 사람에게 잘 속아 넘어가는 뇌라니 어쩜 그리 나를 닮았는지.

식사를 마치고 아침 체온 수치를 문자로 전송했다. 하루에 두 번 나는 체온을 재야 한다. 그 수치를 핸드폰에 깔려 있는 자가격리 앱에 수치를 입력하면 자연히 담당자에게 보고가 된다. 하루 두 번 달라진 체온을 재는 일은 은근 재밌었다. 체온을 재는 일마저도 즐거움이 될 만큼 고립된다는 것은 고통스러웠다. 영화 '빠삐용'에서 독방에 갇힌 스티브 맥퀸이 된 기분이다. 자가격리는 죄수가 되어 교도소에 갇힐 때 느끼는 박탈감보다 더하면 더했지 덜하지 않을 듯하다. 자유를 빼앗긴 교도소라 해도 그 공간 안에서는 활보할 자유는 보장된다. 사람과의 접촉을 피해야 하는 격리는 독방에 갇히는 형벌이나 진배없다. 훗날 자가격리는 몸만

격리시키는 게 아니고 정신마저 파괴하는 비인간적인 제도라고 비판을 받을 게 분명하다.

　잠시 후에는 내 체온 수치를 확인한 직원이 내게 전화를 줄 것이다. 얼굴도 모르는 시청 직원과 나는 하루에 한 번 통화를 한다. 그녀의 업무는 격리자를 확인하는 게 주된 업무다. 격리를 잘하고 있는지, 이탈은 하지나 않는지, 다른 말로 말하면 감시자다. 처음엔 멋도 모르고 핸드폰으로 유튜브를 보다가 잠이 들었다. 일어나보니 핸드폰은 밧데리가 방전되어 꺼져있었다. 충전이 끝나고 핸드폰을 켜니 전화번호 여러 개가 액정화면에 떠올랐다. 내게 전화를 걸었던 직원의 음성에서 당황한 표정이 읽혀졌다.

　"지금, 동선이 잡히질 않습니다. 혹, 외출하셨었나요?"

　"아니요? 밖에 나간 적이 없는데요?"

　나는 이탈한 적이 없음을 설명했다. 그녀는 내 말을 곧이 들었다. 전화를 끊고 생각해보니 아마도 핸드폰 밧데리 방전 때문에 시스템에 오류가 생긴 듯싶다. 그 다음부터는 잠을 잘 때는 핸드폰을 끄고 잠을 청했다. 그 직원은 내가 이탈했을 거라는 의심을 거두진 않았을 것이다. 다행히도 직원은 더 이상 다음 단계로 행정절차를 시행하지는 않았다. 전화로만 격리자의 동선을 확인한다는 게 어불성설이다. 전화로 상대방의 위치를 추적한다는 게 말도 안 된다. 얼굴을 마주하지 않은 채 음성으로 안부를 묻고 안심을 시키는 방법밖엔 그들로서도 달리 어쩔 도리가 없을지 모른다. 내가 책임자라해도 이탈 여부를 전화로 확인하는 것 이외에 뾰족한 대안을 제시하지 못할 것이다. 공중에 떠다니는 단세포와의 전쟁에서 역학조사만으로 인간은 승리할 수가 있을까? 몸속에 들어와 면역체계가 닿지 않는 신경절에 잽싸게 자신의 존재를 숨기고 인류와 함께 생명을 이어가는 바이러스를 말이다. 속이려고 들면 어떤 방법으로도 피해 나갈 길이 없다. 인간이 코로나바이러스 확진자를 일일이 쫓아 다닐 수 없듯이 말이다. 전화로 감시하는 건 감시자에게 위로만 줄 뿐 완벽한 방어막은 되지 못한다.

내가 J와 함께 있을 때도 그의 아내는 눈치채지 못했다. 늦은 밤에 그의 아내로부터 전화가 걸려왔다. 자신의 남편이 자신이 아닌 다른 여자와 함께 있는 상황을 알 리 없는 국제 전화는 꽤 오래 이어졌다. 그의 아내가 J에게 전화를 거는 건 자신의 남편이 보고 싶어서가 아니라 자신의 안도감 때문이었을 거다. 보이는 실체와 보이지 않는 상상에는 추측의 거리가 있다. 설사 그 거리 너머에서 미심쩍은 기운이 감지된다하더라도 눈으로 확인하기 전에는 알 수 없다. 내 몸을 숙주로 삼아 생명을 유지하고 있는 바이러스가 활동을 시작하기 전까지는 그 존재를 절대 알 수가 없는 것처럼 말이다. 어떻게 생긴 놈인지, 어디에 숨어있는지. 자기 복제가 가능한 단세포를 인류가 지금껏 퇴치 못 하는 이유다.

이따금 J는 새벽녘에도 윗사람인 듯 보이는 누군가와 통화한

적도 있다. 잠결에 들린 그의 음성은 파장으로 고막을 거쳐 지각 신경까지 도달했다.

"직원들의 원성이 말도 못 해. 관행이라는 이유만으로 눈감아 줄 수 없는 상황이라니까."

내가 눈을 뜨기 전 꽤나 길게 이어졌을 통화가 거의 끝나갈 무렵에 나는 잠에서 깨어났다. 나는 잠자코 J의 음성을 듣고 있었다. 불 꺼진 방안에 나직나직 음성이 점자 찍듯 울려 퍼졌다. 새벽에도 업무를 주고받는 그 누군가와 J와의 거리는 어느 정도로 밀착된 사이일까. 스마트폰 너머에 여자의 웃음소리가 흘러나왔다. 다시 잠이 들었고 아침에 눈을 떴으나 간밤에 누구와 통화했는지 J에게 묻지는 않았다. 내 영역은 오로지 그와 함께 있는 침대 크기의 공간뿐이었기 때문이다. 서운하게도 어느 순간부터인가 그는 나에게 말을 아꼈다. 감출 게 많은 사람은 만나는 모든 사람에게 방어벽을 치기 마련이다. 심지어 한 올 걸치지 않은 알몸인 나한테까지 뭔가 숨기는 게 있을 거라는 미심쩍음이 내게 원망의 싹을 서서히 틔웠다.

격리 중에는 딱히 할 일이 없다. 집을 빌려주었으니 보답은 해야 할 듯했다. 냉장고 속을 말끔하게 닦았다. 세탁기가 들어있는 화장실도 물청소를 했다. 몇 권 꽂혀있는 책도 거의 내가 본 책들이다. 주로 촬영기법을 설명한 기능적인 책들뿐이다. 성국이는 촬영 이외에는 전혀 관심사가 없는 듯 보였다. 방송국에 잘리지 않고 버티는 이유였다. 단출한 살림살이에 읽을 책마저도 변변하게 없으니 꼼짝없이 멍때려야 한다. 저절로 핸드폰으로 손이 갔다. 시간이 아깝다는 생각을 하지만 갇혀있는 나로서는 그나마 핸드폰이라도 있는 게 다행이다.

다시 침대에 누워 핸드폰으로 인터넷 뉴스를 검색했다. 시장의 장례 절차가 논의 되고 있었다. 시민분향소가 마련된다는 기사에는 분향소 설치를 반대하는 댓글들이 1초 간격으로 올라왔다. 시장이 오전에 잡혀진 일정을 갑자기 취소하고 시신으로 발견되기까지의 행적들이 경쟁하듯 쏟아졌다. 더불어서 사망의 원인이 밝혀지기 시작했다. 누군가에게 성추행으로 고소를 당했다는 기사가 휴지에 먹물 번지듯 빠르게 확산됐다. 그 누군가의 개인 신상에 대해 알게 되는 것도 그리 오래 걸리지 않았다. 시장을 성추행으로 고소한 인물의 얼굴이 검색되기 시작했다. 뿌옇게 편집된 사진 속의 인물은 긴 머리였다. 고소인에 대한 비난의 댓글도 만만치 않다. 죄가 없다면 왜 산 목숨을 끊겠냐는 비난보다 고소인이 시장을 유혹했을 거라는 댓글의 조회 수가 더 많았다. 잘생김과는 거리가 먼, 수더분한 동네 아저씨 같은 외모 때문에 대중의 인기를 한 몸에 받던 시장이었다. 여자를 성추행을 했다는 내용의 기사를 읽은 사람들은 자판을 두드리며 세상을 향해 믿음 또는 배신에 대한 감정을 화풀이하듯 쏟아냈다. 시민운동가 출신의 시장이 비서에게 성추행 혐의로 고발을 당하게 됐다니, 그동안 대중에게 보여 진 시장의 이미지에 사람들은 적지 않은 혼란에 빠진 모양이다. 눈에 보이는 게 절대로 전부는 아니다. 그럼에도 사람들은 보이는 겉모습으로 모든 걸 판단하게 된다.

J도 그랬다. 단정하고 반듯한 말투, 진지한 표정. 그랬기에 그를 대하는 내 마음이 빗장을 풀고 무장해제가 되었는지도 모른다. 말끔한 J의 행동이 오랜 시간 동안 훈련의 과정을 거쳐 만들어졌다는 걸 눈치채지 못할 정도로 J는 완벽하게 매력적인 남자였다.

돌연 기분이 불쾌해졌다. J에게 속았다는 내 자신에 화가 났다. 인터넷에 올라온 모든 기사들이 온통 시장의 사망소식으로 매몰됐다. 핸드폰을 꺼버렸다. 핸드폰을 꺼도 머릿속은 분주하게 시장의 죽음 대해 분석했다. 화도 났다. 나와는 일면식이 전혀 없는 시장이 죽었다는데 왜 이렇게 화가 나는 거지? 그렇다고 사장을 고소한 피해자도 나는 모른다. 네티즌들의 추측처럼 여 비서가 계획적으로 시장을 구석에 몰아넣었을지도, 아니면 정말로 그 반대의 상황일지 누가 알겠는가. 나와는 상관없는 일들에 J가 툭 생각 속으로 끼어들었다. 지금 나는 J 때문에 심장에 열이 올랐다. 아니 여자에게 불리하게 돌아가는 세상에 화가 났다. 피해자에게 불리한 추측성 의혹이 난무하는 걸 막아야 하는데도 불구하고 페미니스트라고 소개한 여자 변호사도, 각계각층의 전문가

들이 죄다 시장을 옹호했다. 자기들이 추종했던 권력자의 명예만 지키고 싶은 건가? 내가 발붙이고 사는 이 땅의 현주소라니 희망이 없어 보인다.

시장의 마지막 선택에도 이해가 가지 않는 것은 아니다. 혐의가 있든 없든 시장이라는 위치에서 졸지에 성추행자로 전락되고 난 후에 자신에게 쏟아질 비난의 무게를 감당하기 힘들었을 것이다. 게다가 성추행이라고 고소할 만한 증거가 나온다면 그 수모를 피할 길은 없다. 증거 없이 고소를 하면 무고죄가 적용된다는 걸 모를 사람은 없다. 상대가 시장이니 허술한 증거였다면 고발은 애초부터 할 수 없었을 것이다. 하지만 권력이라는 자리는 살아서는 물론이지만 죽어서도 그것을 지키려는 자가 있는 한 그 자리는 영원하다. 위력에 의한 범죄가 쉽사리 세상에 드러나지 않는 이유이고, 한 번 명망을 얻는 자의 벽을 깨뜨리기란 쉽지 않다. 한 사람이 권력의 자리에 오르는 데는 혼자만의 힘으로 오를 수가 없다. 그가 그 자리에 오르도록 도와준 주변인들은 그 권력의 편에 서있기 때문에 약자는 영원히 약자다.

그래서 J는 당당했다. 그 자리에 오를 수 있도록 협력했던 사람들이 많았으므로 오히려 나를 예의 없다고 몰아세웠다. 부당함에 대한 항변도 누구에게나 주어지는 권리가 아니었다. 난 항변할 수 있는 위치에 있지 못했다. 그래서 지금 나는 오뉴월에 서리를 뿌릴 만큼 원통하다.

—이제 격리는 하루만 견디시면 됩니다. 내일은 그동안 모은 황색 쓰레기봉투를 모두 파란색 봉투에 넣어서 밖에 내놓으시면 됩니다.

지자체 직원의 안내대로 문 앞에 모아두었던 황색 비닐주머니 곁으로 다가갔다. 2주 동안 모았던 황색 쓰레기봉투 안에서는 악취가 풍겼다. 그 냄새를 맡고 꼬인 벌레들이 코로나바이러스보다 더 불결하고 더럽게 느껴졌다. 4개의 황색 봉투를 파란 색 큰 봉투에 옮겨 담았다. 비닐에 구멍이 났는지 새어나온 라면 국물로 바닥이 젖었다. 종이에 물을 적셔 썩은 물기를 닦아냈으나 얼룩은 그대로였다. 비나 흠뻑 쏟아지면 모를까 시멘트에 스며든 썩은 물은 고약한 냄새만 풍겼다. 2주 동안 쓰레기를 버리지도 못하고 끼고 있어야 하다니. 구멍 난 봉투처럼 허점투성인 방역시스템이든 뭐든 간에 답답했던 격리생활도 하루만 견디면 끝나간다.

하루만 남았다는 생각을 하니 조급증이 일었다. 지금까지 13일을 참아왔는데 고작 하루에 몸이 배배 꼬여오다니, 겨울바람에 뚫어지는 창호지처럼 인내심이 한계에 도달했다. 배에서 창자가 꾸룩꾸룩 소리를 냈다. 점심시간을 알리는 배꼽시계는 정확하다. 아무 일을 하지 않았는데 배가 고파왔다. 하는 일이라곤 누워서 공상하거나 화장실을 들락거리는 것 밖에는 없었는데 그

것도 활동이라고 배가 고파오다니. 눈알을 굴리고 고개를 좌우로 움직이며 팔을 뻗는 일에도 에너지가 소모되는 인체구조가 신비하다. 그동안 미처 깨닫지 못했던 내 몸은 명령하지 않았는데도 스스로 움직이고 알아서 운행되고 있었다. 고마운 일이다. 내가 '나'라고 알고 지냈던 몸이 자율적이고 이토록 독립적인 줄은 정말 몰랐다.

구호물품 상자를 열고 식사를 할 만한 것을 뒤적였다. 된장, 소금은 손도 대지 않았다. 4개나 있었던 3분 카레는 자가격리 이틀 만에 다 먹어치웠다. 된장찌개 먹고 싶은 생각이 간절하다. 내일이면 격리가 끝날 테니 그때 구수한 찌개 맛을 볼 수 있으리라. 캠핑용으로 사용하면 좋을 자그마한 팬에 햄을 잘라 얹었다. 겉표면이 노릇노릇 갈색으로 바삭하게 익어갔다. 깻잎장아찌를 밥과 싸먹으면 더 맛있을 텐데 아쉬웠다. 있을 땐 거들떠도 안 보다가 없으면 괜히 아쉽고 간절한 법이다. 아껴두었던 소고기장조림 캔을 뜯었다. 일회용 김 팩도 하나 집었다. 어제 먹다 남은 밥까지 전자레인지에 데웠다. 소고기장조림 맛은 생각보다 괜찮았다. 따뜻한 밥 한 숟가락에 김 한 장을 얹었다. 입안의 해초내음이 미각에서 후각까지 퍼진다. 성국이로부터 전화 한 통화 없는 걸 보니 바쁘긴 무척 바쁜 모양이다. 그나저나 내일이면 어디든 바깥으로 나갈 수가 있는데 난감하다. 난 갈 곳이 없다. 집에서 나를 기다릴 남편이 머리에서 무겁다.

배를 채웠으니 소화를 시킬 겸 방안을 돌며 걷고 또 걸었다. 걸음을 걸을 때마다 맞닿은 피부가 예리하게 통증을 동반해서 온 전신을 훑는다. 허벅지까지 뻐근하게 근육통마저 느껴진다. 이렇게 쉽게 재발이 빈번하게 일어날 줄 알았더라면 미국에서 여분의 약을 더 처방받았어야 했다. 최소 5일은 아사이클로버를 복용해야하는데 지금 남은 건 고작 한 알뿐이다.

다음날, 격리 14박 15일이 되었다. 정오가 되자 격리가 끝났다는 문자가 도착했다.

—남양주 보건소에서 알려드립니다.
—귀하는 2020년 7월 10일 12:00시 기준 자가격리 기간이 종료되었습니다.

나는 부리나케 현관문을 박차고 약국으로 달려갔다. 툭 트인 거리를 활보했고 사람들 사이를 보란 듯이 걸어 다녔다. 그리고 사실 여부를 떠나 자살로 미심쩍게 수사가 종결되어버린 권력의 논리가 이상하지 않은 하늘 아래에서 우연찮게 설빈과 만나게 됐다. 애매모호한 잣대를 들이대던 그 시점에 나는 약국 문을 열어젖혔고 그녀가 그곳에 있었다. 긴 목덜미를 뒤로 젖히고 쌍화탕을 마시던 그녀는 내게 아시클로버를 내밀었다. 나는 하늘이 내

게 보낸 천사라고 여겼다. 천사, 그녀가 천사라니. 우리는 천사로
위장한 사람들이었다.

비

9천5백 송이의 국화꽃이 꽂혀있는 분향소에 추모객들의 발길이 이어지던 날, 나는 여행 가방을 끌고 멋쩍게 집으로 돌아갔다. 성국이네 집에서 2주 격리를 마쳤음에도 방금 인천공항에서 도착한 것처럼 유들유들하게 현관문을 열었다. 공항에서 받은 자가격리 앱은 삭제하질 않았기에 남편에게 그 앱을 보여주었다.

"2주 동안 집안에서 이탈하면 안 된대."

"세상에 그런 법이 어딨어? 어떻게 집에서 꼼짝 않고 지내?"

"코로나바이러스에 전염되면 가족이며 뭐고 끝장이라니까. 뉴스도 못 봤어? 함부로 격리장소를 이탈했다가 발각되면 벌금 내야 한다니까…."

내가 이미 한국에 들어와 있었고 자가격리를 끝냈다는 사실을 남편에게 털어놓지는 않았다. 물론 격리가 끝났다는 문자 메시지는 삭제해버렸다. 아무나 자가격리를 경험하는 것은 아니어서 핸드폰에 설치된 앱을 들이미는 나의 호들갑에 남편은 깜박 속아 넘어가지 않을 수 없었다. 언젠가는 가짜였다고 들통이 나겠지만 사실을 말하기엔 치러야 할 대가를 감당할 엄두가 나지 않았다. 대범하고 뻔뻔하기까지 한 나를 반기는 남편의 환대를 얼버무리며 여행 가방을 풀어헤쳤다. 남편은 곰살스런 성격은 아니었지만 혼밥 생활에 질렸던지 집으로 돌아와 준 아내가 한없이 반가운 모양이다. 미국으로 촬영을 떠난다고 했을 때 남편은 넋이 나갔던 표정을 지었었다. 말려봐야 내 고집을 꺾을 수 없다는 걸 잘 아는 남편은 떨떠름한 얼굴로 인천공항으로 배웅을 왔었다. 처음부터 나의 미국행을 달가워하지 않던 남편이었으니 미국에서 어떻게 지냈는지 묻지도 않았다.

"집 떠나면 개고생이야."

툭하고 던진 남편의 한 마디에서 곰삭은 애정이 배어나왔다. 무심하게 위로를 건네는 남편에게 문득 모든 걸 털어놓고 용서를 빌고 싶은 감정이 가스가 솟구치는 콜라처럼 올라왔다. 입술을 깨물었다. 내가 나를 용서할 수 없는 일이니 어떤 누구에게도 선처를 바라지는 않을 테다. 나 없는 동안 제대로 챙겨 먹지 못했는지 둥실했던 남편의 허리둘레가 잘록하게 들어가 보였다. 인생의 즐거움이라면 먹는 게 전부인 남편이라 끼니를 거를 걱정을 하지 않았다. 지방에 있는 두 아들은 자기들 살기 바쁘니 홀아비가 된 아버지를 챙길 리 만무다. 부리나케 삼겹살을 사러 정육점

으로 달려가는 남편의 날쌘 뒷모습을 바라보며 그제야 나는 나
직이 읊조렸다.

돌아왔구나! 내 집으로.

집으로 돌아온 다음 날부터 장마가 시작됐다. 하늘에 구멍이
뚫렸는지 쇳덩이를 매단 빗줄기가 무겁게 땅 위로 내리꽂혔다.
맹렬하게 굵은 빗줄기가 하루 종일 내렸다. 한낮이었어도 하늘
은 초저녁처럼 어두웠다. 비는 그칠 기세를 보이지 않았다. 일어
나자마자 켜놓은 TV는 저 혼자 돌아갔다. 주룩주룩 내리는 빗줄
기를 염려하며 켜놓은 TV 뉴스를 보다 말다 시간을 때웠다. 전염
병 확산을 막기 위해 집회가 금지됐음에도 서울광장에는 시민분
향소도 마련된 모양이다. 우산을 들고 분향소를 향하는 사람들이
길게 차례를 기다리고 있었다. 비가 온다고 해서 장례식을 생략
할 수는 없는 일이다. 장례식을 반대하는 시민청원이 60만 가까
이나 됐다. 가족장으로 하라는 시민청원에도 불구하고 서울시의
주관으로 시장의 장례식은 진행됐다. 제 명을 끝까지 다하지 못
한 시장의 영결식은 마음을 무겁게 오볐다.

생전에 인기가 많은 시장에 대해 사람들은 얼마나 알고 있는
걸까. J에 대해서도 내가 알고 있는 만큼은 사람들은 J를 알지 못
한다. 성국이도 나를 제대로 알지 못했다. 자신의 방을 선뜻 내어
주는 성국이조차 나의 참모습을 알 수가 없었다. 성국이에게 솔
직하지 못했던 그 점은 미안한 일이긴 하나 어쩔 수 없다.

격리가 끝나던 날 다시 여행 가방을 챙겨 성국이 집을 나서는데 성국이가 나타났다. 그러더니 다짜고짜 나를 태우고 강남으로 향했다. 집을 빌려줬으니 방값을 내라고 윽박질렀다. 나 때문에 자신이 신세진 친구에게도 빚을 갚아야 한다며 우겼다.

"누나, 그러게 뭔 촬영을 한다고 LA까지 가고 그래?"

"그러게 말이야, 누가 코로나라는 이 말도 안 되는 사태를 겪을 줄 알았니?"

"내가 지방촬영이 있었기에 망정이지, 누나 때문에 나도 친구 신세를 졌단 말이야."

"그래, 그래. 내가 한턱 쏜다. 그 친구도 나오라고 그래."

"벌써 나와 있을 거야."

"아주 베껴먹으려고 작정을 했구나."

거의 반강제로 끌려간 곳은 우리가 즐겨 가던 강남의 자그마한 숯불구이집이었다. 강남이라는 도시와 어울리지 않는 식당이지만 정갈한 밑반찬으로 인기가 많은 식당이었다. 예전 같으면 손님들로 바글바글했을 식당 안은 한산했다. 병산이라는 이름의 사내가 식당에 들어서는 우리에게 손을 흔들었다.

"누나, 이 친구 집은 컨테이너야."

"네?"

"산 가까이에 살고 있어요."

"중이 될 것도 아니면서 이 녀석은 산 옆에 붙어살아."

"진짜 성국이 친누나세요?"

"아냐, 임마. 이 누나…."

나를 돌아보는 성국의 입가에 장난기가 발동하는지 실룩거렸다.

"누나! 예전에 다큐 촬영한다고 노숙자들 틈에 끼어 한 달 동안 노숙했잖어! 흡, 그때 누나한테서 무슨 냄새 났는지 알어?"

"야, 그 얘긴 뭐하러 꺼내니?"

동동주를 따르며 나는 코를 막고 냄새를 참는 성국이의 폭로를 막으려 했다. 나를 희극 속의 주인공으로 둔갑시키는 성국이의 언어적 유희와 나의 돌발적인 행동은 다른 듯 닮아있었다. 성국은 사람들에게 나를 소개할 때 기인이라며 토를 달았다. 내가 상식적이라고 생각하는 걸 녀석은 비상식적으로 해석했고 그 너스레에 사람들도 나를 신기한 시선으로 바라봤다.

"이 누나가 이번에 덜컥 미국 LA까지 가서 촬영을 해갖고 왔잖냐?"

"대단하시네요."

"그거, 남자들도 하기 힘든 일이야. 투철한 직업의식이 없으면 하지 못 하는 일이지."

"성국아, 니가 방송국에서 잘리지 않는 건 니 촬영 실력이 아니라 너의 입담 때문일 거다."

"누나 그런 소리 하지 마. 그러잖아도 요새 방송국 분위기도 아주 이상하게 돌아가고 있어. 어, 지금 뉴스 나올 시간이다. 할머니, TV 좀 틀어도 되죠?"

자기가 찍은 영상이 제대로 방영되는지 확인해야 한다며 성국은 카운터 앞에 있는 TV를 켰다.

"어, 저, 저 뉴스 좀 봐."

성국이의 외침에 우리는 모두 TV화면으로 고개를 돌렸다.

－전 시장의 성희롱에 대해 인권위원회가 그간의 조사발표를 했습니다. 전 시장은 성희롱에 해당한다고 했는데요. 9명의 위원들은 현장과 참고인, 휴대조사 등으로 이뤄진 검증결과를 검토하고 나온 결과는 전 시장의 언행은 성희롱에 해당된다고 의견을 모았습니다. 시장이 숨진 채로 발견되면서 고소 사건은 '공소권 없음'으로 종결되었던 수사는 전 시장의 성희롱에 해당되는 것으로 결론이 났습니다. 더 이상 피해자를 2차로 가해하는 일은 일어나지 않았으면 합니다.

"결국, 저렇게 결론이 났구만."

"그래도 떳떳했다면 자살을 했겠어."

"억울해서 그랬을 수도 있잖아?"

"누나! 억울하면 악착같이 결백을 밝혀야지. 그게 귀찮다고 세상을 등지냐?"

"어쨌거나, 그동안 해놨던 많은 업적이 한 방에 가는구나."

"일어날 일이 일어나고 만 거지."

"짜샤! 무슨, 일어날 일이야? 또 도인 같은 소리 지껄일래? 그럼, 니 말대로라면 코로나바이러스도 일어날 일이었냐?"

"그럴까? 우린 과거의 일을 기억하지 못할 뿐이지. 전염병은 항상 있어왔잖아."

"하긴 그렇긴 해."

"우리가 겪고 있는 모든 사건들은 겉옷만 바꾸었을 뿐이지 확률이 쌓여 만든 현상이 반복되는 거라고."

나는 그제야 병산이라는 사내의 얼굴을 똑바로 바라보았다. 그 친구의 눈에는 물기가 어른거렸다. 물기 때문인지 눈에서 광채가 나는 것 같았다. 마치 타인의 마음을 들여다볼 것 같은 영기마저 느껴졌다. 술기운이 올라온 성국이의 벌건 눈자위와는 전혀 달랐다. 그의 퀭한 눈에서는 섬광처럼 번뜻 빛이 지나갔다. 먹이를 찾아 헤매는 굶주린 들짐승을 본적이 없지만 아마도 저 눈빛과 흡사하리라. 죽음을 마주한 생존본능이 아니면 만들어질 수 없는 비범한 통찰력이 느껴졌다.

"일어날 일은 정말 일어나고 마는 건가요?"

"물리적으로 막지 않으면 언젠가는 반드시 일어납니다."

"물리적이라…. 이해가 안 되네요."

"희박한 사건도 긴 시간을 두면 겉으로 드러나게 되는 게 자연의 법칙입니다."

"인과응보를 말하는 건가요?"

"그것하고 비슷하지만 이건 과학적인 견해입니다."

그날 병산이의 논리에 나는 그토록 먹고 싶었던 된장찌개를 코로 먹었는지 입으로 먹었는지 기억이 없다. 잠자코 고개를 숙이고 고기집게를 집었다. 눈물이 나올 것 같아 눈꺼풀을 꿈쩍이며 불판 위에 놓인 살코기를 앞뒤로 뒤집었다. 코로나를 논하며 시장의 죽음을 통해 본 세상의 부조리에 대해 성토하느라 고깃덩어리만 애꿎게 숯불에 까맣게 고체가 되어갔다.

우리의 강남회동은 끝났지만 TV뉴스는 여전히 논란을 방출했다. 유족들은 장례식이 끝나면 모든 게 잠잠해질 줄 알았을까. 고인도 그렇게 되길 바라며 인위적으로 주어진 자신의 명을 일찍 마감했을 것이다. 하지만 시장의 자살을 둘러싼 남우세는 장례식이 끝났어도 아직 끝난 게 아니었다. 조롱과 비난이 빗발쳤다. 여자가 여자를 폭격하는 사진이 인터넷 기사에 검색되지만 않았어도 고인은 그동안 펼친 자신의 공과와 함께 조용히 흙으로 돌아갔을지도 모른다. 영결식이 끝나길 기다렸다는 듯 고소인을 우회적으로 조롱하는 문구와 사진이 순식간에 검색순위에 올랐다. 자신도 성추행 당했다며 생전에 시장과 팔짱을 끼고 찍은 사진을 SNS에 올리는 이도 있고, 팔짱을 끼었으니 추행당한 게 아니냐는 비웃음은 고소인을 꽃뱀으로 몰아가는 데 한 몫을 거들었다.

피해자를 대변하는 변호사가 정면으로 등장했다. 변호사의 출현으로 시장의 성추행 고발 건은 다시 수면 위로 떠오르게 되었다. 기자회견을 하는 변호사 뒤편에 세워진 판에 찍힌 '나비센터'라는 활자가 눈에 들어왔다. 날개를 펼친 나비들이 사선으로 날아가고 있었다. 차라리 호랑이 발톱을 그려 넣지. 왜 나비를 택했을까. 함부로 짓밟지 못하게 맹수의 발톱이나 맹금류의 부리 정도는 되어야 오금을 저리지 못할 게 아닌가.

논쟁의 끝은 서로에게 상처받은 자존심만 남긴다. 너덜너덜 심장이 찢어지고 사지의 일부분은 떨어져 나가야 끝이 난다. 그걸 견디려면 나비 갖고는 택도 없다. 쇠로 만든 방패로 심장을 가려야 앞으로 나갈 수가 있다. 그런 비장함이 없이는 편견과 맞설 수가 없다.

내가 J와의 일을 가슴에 파묻고 시멘트로 발라버리겠다고 결정한 건 어리석어서도 아니고 착한 심성을 가져서는 더더군다나 아니다. 부당함을 당해도 세상의 잣대에 얼굴을 내밀 용기가 없어서다. 나는 결혼 서약을 위반한 자이고 자기검열마저 기만한 사람이라서 당당하게 나설 수가 없다.

잠시 새들새들 빗줄기가 약해지는가 싶더니 다시 땅을 뚫을 듯 거센 무게로 땅바닥에 내리꽂혔다. 남편이 걱정됐다. 택배 일을 하는 남편에게 비오는 날씨는 최악이다. 택배일이 육체적으로 힘들다고 하지만 갈 곳이 더 이상 없다고 여기면 가장 속 편한 직업이기도 했다. 코로나바이러스로 택배물류양이 엄청나게 늘었다고 남편은 반겼다. 몸 부서지는 것도 잊은 채 일감이 늘었다고 좋아하는 남편의 순박한 표정에 나는 가슴에 무쇠를 얹은 것 같았다. 굳이 탈선의 이유를 대라면 내 무의식 어딘가에 남편에 대한 멸시가 몇백 년 묵은 굵은 나무뿌리처럼 얽혀 자라고 있다는 데 있었을 것이다. 남편은 자질도 없으면서 중국을 오가며 물건을 떼다가 팔았다. 몇 번 중국 상인과 안면을 트는가 싶더니 중국 쪽에서 대금을 받고는 연락이 되지 않는 일이 생겨났다. 생돈을 떼이는 남편의 무능력이 원망스러웠다. 몇 번의 실패는 염산처럼 내 애정을 부식시켰다.

J에게서는 남편에게 보이지 않는 특별한 능력이 보였다. 대기업 임원의 민첩함이 보였고 차분한 말투는 밥알을 입안에 가득 물고 화를 내는 남편의 무매너와는 비교조차 되지 않았다. 깔끔한 차림의 J의 지갑 안에서는 그 맵시에 어울리는 사람들의 명함이 수북했다. 명함의 주인들은 나 같은 사람은 평생에 한두 번 만날까 말까한 정부 기관에 있는 사람들이었다. 매사가 치밀하고 용의주도한 그의 손에서는 책이 떠나지 않았다. 책과 담쌓은 남편과 달라도 너무 다른 J는 게으른 나를 긴장하게 만들었다. 내가 동영상 편집하는 기술마저 없었다면 그에게서 뿜어지는 열정과 자기관리에 기가 죽었을 것이다. J는 내가 만들어 준 동영상을 아주 흡족해했다. 공짜는 아니었지만 그는 제작비를 지불하지는 않았

다. 설사 준다 해도 내가 거절했을 것이다. 나는 그가 동영상이 왜 필요했는지, 그걸 따지지도 않고 스스로 도구가 되길 자청했다. 제작비를 받을 생각은커녕 내가 나서서 그가 하고 있는 일에 대해 사람들에게 홍보를 하고 다녔다. 들러리가 되어도 기뻤다. 내가 만들어준 화관을 쓴 J가 무척 자랑스러웠다. 내가 꽃단장을 시켜준 남자는 사회에서 빛을 발하게 됐다. 내가 깔아준 꽃길을 밟고 가는 J의 뒷모습을 뒤에서 지켜만 봐도 뿌듯했다.

"성국아, 니가 지난번 나에게 소개했던 그 정구경 씨 말이야. 그 사람 대단한 일을 하는 사람이더라."

"누, 누나. 그, 그 사람, 조심해야 할 거야."

"왜?"

"들리는 소문에 의하면 자기가 필요하면 찾아오고 볼 일이 끝나면 언제 그랬냐는 듯이 달가워하지 않는데."

"…."

이미 늦었다. 후배인 성국이가 충고를 해주어도 난 J의 방패막이로 나섰다.

J를 나에게 처음 소개시켜준 건 성국이였다. 처음 J를 대하던 날, 그때는 냉랭하고 사무적으로 그를 대했다. 노리끼리한 눈동자, 노란색에 가까운 J의 갈색 눈동자는 위협적이어서 그를 정면으로 바라보기가 껄끄러웠다. 사무실에 들어온 J는 대뜸 명함과

함께 제안서를 내게 내밀었다. 무례하다고 느꼈다. 그가 내민 제안서를 읽고 싶지도 않았다. 제목도 없는 제안서는 4장이나 되었다.

"이게 뭔가요?"

"이 제안서를 읽고 영상을 만들어주세요."

돌잔치나 칠순잔치 촬영을 주로 작업하는 나는 그의 제안이 생소해서 거절했다. 나의 거절에 그는 흘러내리는 앞머리를 손으로 쓸어 올렸다. 남자의 손이라고하기엔 유난히 길고 가늘었다. 내 말에 그의 안색이 굳어졌다. 이미 여러 번 거절을 당한 모양이다. 그는 허벅지 위에 기다란 두 손을 얹고 머뭇거렸다. 나는 제안서를 들고 구부정하게 돌아가는 그의 뒷모습을 무심하게 보았다.

일주일 후, J가 나의 작업실에 왔다갔다는 사실을 까맣게 잊고 있었는데 방송국에서 촬영조수로 일하는 후배의 전화를 받게 되었다. 성국이었다.

"밀양 누나, 내가 한 사람을 누나한테 소개했어. 정구경이라고 작업실에 들릴 거야. 하도 방송국에 와서 사정하기에 거절하기도 딱해서 누나를 소개해줬는데 봉사한다는 마음으로 작업 좀 해줘."

"야, 돈 되는 사람만 소개해. 넌 내가 무슨 땅 파서 먹고 사는 줄 아니?"

"아, 알아. 그래도 누나는 월급 받는 나보다 낫잖아? 봄이 왔으니 돌잔치니 유치원 견학이니 촬영스케줄이 줄을 이을 게 아냐?"

"그 사람 이름이 뭐라고?"

"정구경이야, 정구경! 서울 구경이 아니고 정구경이라고."

후배의 전화를 끊고 영상편집을 하다가 문득 일주일 전에 내게 들렀던 J가 생각이 났다. 메모지와 수첩으로 뒤죽박죽이 된 책상 위를 더듬었다. 나는 어떤 종이도 버리지 않고 쌓아두는 습관이 있다. 그 습관 때문에 그가 준 명함을 본의 아니게 보관하게 되었다.

소장 정구경

한민족역사연구소

후배의 부탁이긴 하나 나는 역사니 통일이니 민족 따위를 앞세우는 사람들을 신뢰하지 않는다. 그들은 선열이라는 이름을 앞세워 그분들이 받아야 할 대접을 중간에 가로채는 부류라고 여겼다. 그럼에도 연하늘색 청 자켓이 유난히 잘 어울렸던 J에게 전화를 걸었다. 무엇 때문인지는 모르겠다. 후배의 부탁을 받았다는 서두를 여러 번 강조했다. 그는 몹시도 다급했던 모양이다. 전화를 끊고 얼마 지나지 않아 그가 벌컥 내 사무실 안으로 들어섰다.

"내일 미국으로 떠날 예정이었어요."

그는 지난번과는 다르게 세상에 더도 없을 따뜻한 목소리로 지난번 내게 주었던 제안서를 다시 내밀었다.

"사례는 나중에 일이 잘 되면 그때 지불해도 되죠?"

그 순간 알아차렸어야 했다. J는 매사가 그런 식으로 일을 추진했다는 것을. 언제나 자신의 이익에 관여된 것에만 우선순위를 둔다는 것을 말이다. 절대로 손해를 보지 않으려는 그의 성품을 알게 된 건 내가 J의 인맥순위에서 저만치 밀려났을 때였다. 아니, 깨달았다 해도 그의 이기심조차 뿌리칠 수 없을 정도로 나의 판단력은 녹슨 철로마냥 부식되었다.

J가 일을 맡기고 떠난 후에 천천히 제안서를 훑으며 읽어 내려갔다. 미국에서 활동하던 한인 독립운동가에 대한 이름과 행적들이 적혀있었다. 그분들의 이미지를 찾아서 영상을 만들어달라는 게 J의 부탁이었다. 영상은 가능해도 성우가 필요한 작업이었다. 나는 이 영상작업은 내가 할 일이 아니라고 이메일을 보냈다. 하지만 J는 알았다. 내가 그의 사정거리 안에 들어온 먹잇감이 되었다는 것을. 나는 J가 쳐놓은 올가미에 갇히고 말았다. 연하늘색 청색 자켓과 머리카락을 쓸어 올리던 긴 손가락에 저릿했던 설레임은 심장이 아니라 마음에 머물렀다. 그리고 그의 예상대로 나의 풀빛 같은 감정은 그가 쳐놓은 회전문에서 빠져나오지 못했다.

문제라면 내 마음에 생긴 사춤이었다. 오래된 건물만 틈이 생기는 게 아니다. 사람도 자기도 모르는 사이에 금이 가고 벌어지는 법이다. 어느 틈에 부정의 틈이 생겼는지는 모르겠다. 벌어진 균열사이로 J가 빗물처럼 스며들었던 건지, 아니면 내가 틈을 만들어 J를 받아들였는지 경계가 오락가락이다. 남편이 원인제공자라고 떠다 밀기에도 애매하다. 남편과의 사이가 늘 좋을 수만은 없어도 그렇다고 늘 지옥만 보게 되었던 건 아니다. 부부가 한 이불을 풀썩이며 살을 부비다 보면 고작 생일케이크에도 감격하기도 한다. 하루에도 수만 번 서운함이 들락거리고 죽일 듯 싸워도 어떨 때는 연애편지를 집어들 듯 애틋한 감정을 품을 때도 있는 법이다. 어제 슬펐다가도 내일 다시 햇살을 보는 게 부부사이였다. 그렇게 덤덤하게 살아가던 우리 부부 사이에 강물이 흐르게 되었다.

양심이라는 보편적 감정밖에는 없던 나였다. 나와 상관이 없는데도 학대받은 아동에 대한 기사가 올라오면 화가 치밀어 오르고 남자에게 폭행당하는 여자의 동영상에 분개했다. 병든 소신을 밀어붙이는 군중심리가 아니라 나름 이성의 냉철함으로 나 나름대로 정의의 잣대가 있었다. 그 순진한 생각을 J가 흩어놓았다. 나라를 위해 독립운동을 했던 분들의 행적을 찾는다는 J의 제안서를 작업하는데 망설일 이유가 없었다. 평소에 갖고 있던 정의감을 직접적으로 실현할 대상이 생겼다는데 희열마저 느껴졌다. 더군다나 나라도 손을 보태어 잊힌 무명의 독립운동가들 존재를 후손들에게 알려야 한다고 생각했다. 독립운동을 직접적으로 하는 건 아니지만 그것과 버금가는 열정이 단전에서부터 뜨겁게 나를 달궜다. 그동안 먹고 사는 일에만 관심을 갖던 소소한 일상이 부끄럽게 생각됐다. 한 번쯤 나도 내 인생의 한 부분을 떼어내어 스스로에게 가치를 주는 일을 하고 싶었다. 나는 시간이 없다고 서두르는 J의 재촉보다 한 술 더 떠서 적극적으로 자료를 모으고 영상을 제작했다. 이미 한 달 전에 잡혔던 돌잔치 촬영도 취소하고서 말이다. J는 내가 만들어준 영상으로 다음 단계로 도약할 수가 있었다. 그런데 가슴으로 받아들였던 그 뜨거운 열정이 J에게는 한낱 소모품에 불과한 감정이었다니. 영상 제작을 마친 내겐 한마디 고맙다는 말도 없었다. 그때 뭉글거리던 서운함의 감정을 덮어버리지 말고 솔직히 인정해야 했다. 다시 예전 일을 떠올리자 입안에 쓴 물이 올라왔다. J에게 이용당했다고 인정하는 일은 정말 고통스러웠다. TV를 보면서도 지난날 J를 위해 쏟았던 시간과 은밀한 웃음들이 울컥 슬픔으로 떠올랐다. 남편이 내가 좋아하는 거라며 민어와 쑥갓 등 매운탕 거리를 들고 오는 날이면 나는 죄책감에 화장실로 달려가 참회의 쓴물을 게워내야 했다.

추적추적 내리는 빗소리를 들으니 마음에 쌓인 감정의 노폐물까지 쓸려가는 것 같아 잠시 속이 후련해졌다. 하루 종일 켜놓은 TV소리는 혼자 떠들고 웃었다. 어처구니없게 자가격리를 두 번이나 해야 하다니. 성국이네 집에서 14일, 남편에게 그 사실을 제대로 밝히지도 못하고 격리를 또 하고 있으니 무슨 미련한 짓인가. 단순반복 무료함도 시간을 멈추게 하진 못했다. 두 번이나 자가격리를 하는 동안 고립된 일상들에 익숙해져가고 있었다. 익숙해질 뿐만 아니라 무뎌지고 무감각해져갔다. 처음 시장의 자살 소식을 접했을 때는 충격이어서 매일 뉴스에 귀를 기울였으나 원론적인 말만 녹음기 돌아가듯 되풀이되는 토론도 심드렁했다. 뉴스건 토론이건 시장의 죽음을 놓고 추모와 처벌이라는 사람들의 날 선 대립은 연일 계속되는 장마처럼 지겨웠다.

공공기관장이나 임원에 의한 성희롱·성폭력 사건이 발생했을 경우에도 처리할 수 있도록 별도의 매뉴얼이 있지만 만약 심사를 해야 할 상급자가 성추행 가해자가 된다면 피해자는 상담을 호소할 데가 없는 게 현실입니다. 상급자의 부정을 주변에서 알면서도 방관하는 주변인들의 태도도 문제로 지적되고 있습니다. 제도적인 장치를 마련하는 것도 시급한 문제이지만 시민들의 성의식이 바뀌어야 할 때가 된 것 같습니다.

그 세상은 절대 바뀌지 않을 것이다. 단연코. 나 같은 사람이 있는 한 절대로 은폐된 세상은 밝아질 수가 없다. 피해자와 가해자의 위치는 영원하다. 피해자가 약자의 군락에서 살아가는 한 억울함을 벗어날 길은 없다. 피해자를 돌보는 위치에 있는 이들도 가해자의 부락에 기거하기 때문이다. 가해자는 그들끼리의 언어로 살아간다. 약자의 군락에 사는 사람들은 약자들의 언어로 소통한다.

강남 식당에서 병산이가 아무리 도 닦은 음성으로 '세상에서 감춰진 일은 없으며 반드시 일어날 일은 일어난다'고 하지만 그런 일은 결코 있을 수 없다고 애써 묵살했다. 먹을 만큼 먹어서 다들 배가 부른지 아무도 불판에 얹어놓은 삼겹살을 집어가지 않을 무렵, 숯불구이 식당 안으로 설빈이가 화사하게 들어섰을 때도 내 생각은 변함이 없었다.

"서, 설빈! 네가 여긴 어쩐 일이야?"

"어머, 언니!"

그녀도 나도 뜻밖의 마주침에 놀랐다. 합석은 당연했고 대화는 쉽게 풀렸다. 내가 그녀를 만났던 약국은 성국이가 사는 빌라 골목 어귀에 있었고 그녀의 집이 구리역에서 5분 거리에 있었다는 것만으로도 초면이라는 어색함은 이내 녹아버렸다. 같은 동네 주민이라는 동질감에 성국이는 설빈에게 그동안 한 번도 보지 못한 매너를 보였다. 일행 없이 혼자 식당에 들어온 그녀에 대해 어떤 의구심을 품지는 않았다. 일회용 용기처럼 강남은 간편하고 쉽게 친분을 맺게 만드는 동네였으니까.

포스트잇

한 달 넘게 이어졌던 장마는 멈췄고 가짜 2주 격리도 끝이 났다. 올해는 유난히 비가 많이 왔다. 태풍 '장미'가 지나고 연이어 태풍 '바비'가 몰고 온 비바람은 일상을 겁먹게 만들었다. 우비를 쓰고도 옷이 흠뻑 젖어 들어오는 남편의 귀가는 하루 종일 집에 머무는 나를 애타게 만들었는데 이제는 말끔히 그친 모양이다. 비가 개자 하늘은 맑고 푸른 전신을 드러냈다. 쾌청해진 날씨로 눅눅했던 기운이 살아났다. 하지만 장마가 끝나자마자 폭염이 시작됐다. 시장이 자살했기에 수사 공소권이 없다며 꽃뱀이니 정치 공작이니 반성 없는 단어들이 난무하던 토요일에 격리를 마친 나는 강남으로 향했다.

강남전철역 출구 밖으로 나오니 따가운 뙤약볕으로 숨이 턱턱 막혀왔다. 지열이 입 안까지 느껴졌다. 후덥지근한 열기로 입술 근처에 땀방울이 맺혔어도 벗을 수 없는 마스크가 답답하다. 강남역 거리는 마스크를 쓴 사람들로 북적였다. 나만 기분전환이 필요한 게 아니었다. 사람들이 조금만 몸을 돌려도 부딪칠 것같이 다닥다닥 걸어갔다.

지상으로 올라오자마자 걸음을 멈췄다. 게시판이 눈에 띄었다. 여자들이 포스트잇을 그곳에 붙이고 있었다. 색색의 세라믹 타일처럼 포스트잇이 빼곡히 합판에 붙어있다. 뭐라고 썼나? 자그마한 종잇조각으로 바뀔 세상은 아니라고 여기면서도 나는 호기심에 목을 빼며 깨알 같은 글씨를 읽기 위해 돋보기안경을 썼다. 시력으로 나이를 느끼는 요즘이다. '당신은 잘못이 없다'고 적힌 작고 동글동글한 글자들을 읽었다.

─용기에 감사드리며 지지합니다.

─모른 척하거나 덮으려 했던 시스템도 같이 고쳐야 합니다.

─죽음은 속죄가 될 수 없습니다.

─이제 강한 자의 범죄에 가만히 있지 않을 겁니다. 당신 덕분입니다.

알록달록한 종이에 적힌 글들은 오달졌다. 야무진 젊음이 느껴진다. 꽃무늬엽서에나 어울릴 작디작은 글자가 품고 있는 의미는 대범했다. 글씨체를 보면 글쓴이의 성격까지 알 수 있다고 하지 않던가. 그 메모지 주인공의 가녀린 손가락을 떠올렸다. 나처럼 뻣뻣한 손마디로는 이런 글씨를 쓸 수는 없다. 성추행 고소를 응원하는 사각의 울긋불긋한 메모지가 기관조직 내에 비치된다는 성추행 지침서보다 더 힘이 있어 보였다.

한 자 끼적일까 말까, 잠시 머뭇거렸다. 어떤 말을 적을까? 마땅히 쓸만한 구절이 떠오르지 않았다. 다들 그러려니 짝을 만나고 덜컥 자식을 낳다가 무심하게 할머니가 되어갔다. 애정의 깊이도 모른 채 할머니가 된 늙은 여자는 까칠한 손바닥으로 여자들의 등짝을 때리고 남자들의 시선으로 세상의 여자를 바라봤다. 뫼비우스 띠처럼 이어졌던 성문화에 대한 관행을 지금부터라도 바꾸겠다니 기특하다. 하지만 슬프게도 가축이 되어버린 들개처럼 여자는 남자의 지배 아래 생활하도록 오랜 세월 동안 길들여져왔다. 남성으로 쌓아진 단단한 사회, 꽃다운 나이의 여자들이 쓴 메모지들로 바뀔 세상이 아니다. 나야말로 부당함을 겪고도 항변도 못하고 있다. 나도 잘 안다. 나라는 존재는 어느 누가 관여하거나 조종할 수 있는 게 아니라는 것을. 좋으면 선택하고 싫으면 자신의 의지로 뿌리쳐야 한다는 걸 이론적으로는 잘 알고 있었는데 나는 J를 거절하지 못했다. 감정적으로 얽히지 않을 때나 나를 관리하고 조종할 수 있는 일이다. 육감으로 엉켜버린 육체를 떼어낸다는 건 어려운 일이다.

산부인과는 4층에 있었다. 내 중세를 들은 여의사는 혈액을 뽑아 항체검사를 하겠냐고 물었다. 나는 괜찮다고 고개를 저었다.

"신호등이라고 생각하세요. 수포가 나타나면 몸 상태가 안 좋다는 걸 의미하니까요. 빨간 불에 자동차가 멈춰야 하듯이 자기 몸을 잘 살핀다는 건 중요합니다. 면역력이 떨어지지 않도록 평소에 건강관리를 잘하시면 별문제 없어요. 다른 사람들은 건강을 과신하다가 나중에 회복될 수 없을 정도로 몸을 망가뜨리는데 오히려 이걸로 면역력을 항상 챙기게 될 테니 건강하게 지낼 수 있어요. 비타민C를 과하다 싶을 정도로 드세요. 비타민C는 많이 먹어도 소변으로 배출되기 때문에 간이나 신장에 무리가 가지 않아요."

친절한 의사는 구석진 어둠 속에 몸을 웅크리고 있던 내 팔을 잡아 창가로 끌어냈다. 5일분 밖에 처방할 수 없다는 의사에게 사정해서 간신히 열흘 치를 받을 수 있었다. 설빈에게 얻은 약을 돌려줘야 한다. 병원을 나와 근처에 있는 약국에 가서 처방전을 내밀었다. 아사이클로버 400ml 열흘 치를 받은 후 약국을 나와 발길 닿는 대로 걸었다. 목적지는 없었다. 약속이 있는 것도 아니었다. 가방 안에 들은 알약을 의식하니 우울해서 견딜 수가 없었다. 길 가는 사람들을 바라보았다. 다들 건강해 보였다. 코로나바이러스는 국가가 나서서 통제를 하고 백신 개발에 전력을 쏟고 있는데 왜 단순포진 2형은 사람들 사이로 퍼져가도 대책을 세우지 못하는 것일까. 세계 인구의 20%가 앓고 있다는 이 질병에 치료제가 없는 게 이상했다. 걸리면 재수가 없는 걸로 여기면 그뿐인가. 이 질병을 심각하게 받아들이지 않는 자유분방한 개방이 원망스러웠다. 감염이 되어도 하소연할 데가 없고 게다가 외도로 얻은 질병이라니, 죄책감에 어디든 숨고 싶었다.

걷다 보니 일전에 작업실로 사용했던 스튜디오 앞에 와 있었다. 기웃대며 안을 살폈다. 사람이 없는지 실내는 어두웠고 문은 잠겨있었다. LA에 가서 독립다큐멘터리를 찍겠다던 허황된 욕심을 후회했다. 가족들의 반대에도 아랑곳하지 않고 나는 그동안 모았던 돈을 챙겨 과감히 LA로 향했다. 무모한 행동을 곧잘 저질렀던 내가 J에게서 배운 추진력이 한 몫을 더했다. J는 자기가 필요하다면 장소를 불문하고 찾아다녔다. 프랑스든, 영국이든 거침없이 왕래했다. 다른 점이 있다면 나는 내 돈을 썼고 J는 어떻게 해서든지 후원자를 물색했다. 나는 그것도 능력이라 여겼다. 도리어 사람들이 얼마나 신뢰를 하면 아낌없이 후원을 하겠는가하며 부럽기까지 했다. J의 능력은 흉내 내는 게 아니라 기획되어야 가능하다는 것도 모르고 나는 오도깝스레 덤볐다.

"조 감독! 어쩐 일로 여길 왔수?"

"아, 안녕하세요?"

"왜? 다시 상가로 들어오려고?"

"저, 그건 아니고요. 지나는 길에 들렀어요."

"조 감독이 나간 후로 사무실에 들어온 세입자는 없었지. 그리고 지금 코로나 때문에 하던 장사도 접는 판국이니, 원. 누가 사무실을 얻겠다고 보러오겠어?"

"그렇군요. 저는 지금 사무실 얻을 형편은 좀 안 돼요."

"그때 뭐, 미국인가 어딘가 간다고 하지 않았어?"

"네, 코로나 때문에…, 일정을 포기하고 한국으로 들어왔어요."

"저런, 손해가 많았겠구만."

"네, 그렇게 됐어요."

"그럼, 어차피 사무실은 비어있는 거니까 쓰려면 들어와 쓰셔. 그 대신 누군가 들어오겠다고 하는 사람이 있으면 바로 비워줘야 해요."

비가 또 올 것처럼 하늘이 회색으로 꾸물거렸다. 지금은 우울한 날씨를 즐길 때가 아니다. 집으로 향하는 발걸음은 쪽빛 바다를 건널 듯이 가벼웠다. 길 가다 떨어진 복권을 발견한 기분이었다. 남에게 맨날 이용만 당할 줄 알았는데 살다 보니 이런 횡재도 다 얻게 되다니. 기대도 하지 않았는데 그냥 들어와서 작업하라는 상가 주인의 말은 흥부에게 박씨를 물어다 준 제비보다 더 반가웠다. 당분간 임대료를 내지 않는 대신에 물값이나 전기값은 쓴 만큼 계산해야 한다는 주인은 무턱대고 착하기만 한 게 아니라 합리적이기까지 했다. 나는 셈을 할 줄 몰랐다. 덮어놓고 덤벼들고 경망스레 뛰어들었다. 그러니 J에게 이용만 당했는지도 모른다.

다음 날 당장, 컴퓨터와 카메라 장비를 옮겼다. 남편이 쉬는 날 옮겨준다고 기다리라고 했으나 혹시나 주인의 마음이 바뀔지도 몰라 혼자 낑낑대며 옮겼다. 작업실이 마련되니 성국이가 제비처럼 일감을 물어다 줬다. 사람이 죽으란 법은 없었다.

블루진 호텔.

성국이가 일거리로 소개해준 결혼식장은 강남에 위치했다. 내게도 익숙한 장소, J가 한국에 오면 장기 투숙했던 호텔이다. 오늘은 밀폐된 방이 아니라 연회장이다. 추억을 소환하는 장소라고 거절할 이유는 없었다. 예전에 이곳을 드나들 때는 설마 아는 사람을 만날까 조마조마했는데 오늘은 그럴 필요가 없다. 고개를 제대로 들 수 없던 지난날과 달리 허리를 쭉 펴고 당당하게 호텔 로비에 들어섰다. 떳떳하게 촬영기를 들었지만 막상 호텔 안으로 들어서려니 걸음걸이가 자연스럽지 않다.

결혼식 연회장은 8층, 엘리베이터 앞에 섰다. 또각또각 승강기의 빨간 화살표가 한 칸씩 움직였다. 숫자를 올려다보는 목덜미가 지지대를 두른 것 마냥 뻐근하다. 승강기를 타고 객실로 올라갔던 기억들은 표백제로 하얗게 날려버리고 싶다. 띵. 기계음이 울리고 양옆에서 잡아당기듯 승강기 문이 열렸다. 열린 엘리베이터 안으로 내키지 않는 발을 옮기려다 멈춰 섰다. 동그랗게 커진 눈동자로 바라봐도 믿을 수가 없었다. 그 공간 안에는 뜻밖에 설 빈이 서있었다. 그녀가 나의 과거처럼 승강기 안에 있었다. 낯익은 눈빛에 나도 모르게 소리를 질렀다.

"어, 설빈아!"

한눈에 마스크를 쓴 그녀가, 그녀일 수밖에 없는, 그녀의 눈매를 발견하고 이름을 불렀다. 검은색 마스크로 얼굴의 절반을 가렸는데도 인물이 수려한 그녀를 한눈에 알아볼 수 있었다. 화들짝 내 눈과 마주치는 그녀의 눈동자가 아주 짧게 흔들리는 듯했다. 그 찰나를 눈치채지 못한 나는 눈치 없이 그녀를 막아섰다.

"여긴 어쩐 일이야? 반갑다."

그녀에게 아는 척하는 사이 엘리베이터는 나를 남겨둔 채 위층으로 올라가버렸다. 승강기가 다시 내려올 때까지 그녀를 붙잡고 안부를 물을 참이었다. 지난번 성국이네 집에서 격리를 끝내던 날 강남 숯불구이집에서도 우연찮게 만났는데 오늘 또 다시 만났다. 인연은 인연이었다. 그런데.

분명, 그녀의 표정은 난처하고 당황해했다. 곁눈질로 주변을 두리번거렸다. 내 말을 듣는 둥 마는 둥 누군가를 의식하는 삐딱한 시선, 혹시라도 아는 사람을 만날까 봐 고개를 수그리던 행동, 내 앞에 서있는 그녀는 내가 알던 그때의 설빈은 아니었다. 처음 보던 나한테 선뜻 손을 내밀었던 그 당당함은 보이지 않았다. 뭔

가 숨길 비밀이 있음을 암시하는 그녀의 행동, 낯설지 않다. 그
녀도 떳떳하지 못한 호텔복도를 빠져나온 걸까. 밀폐된 공간에서
만 누릴 수 있는 욕망의 일탈 속에 뒹굴다가 아는 사람과 마주치
자 당황이 된 것일까? 들릴 듯 말 듯 그녀의 음성이 마스크 너머
로 희미하게 새어나왔다.

"어, 언니…는 여기 어쩐 일이야."

"응, 이 호텔에서 결혼식 촬영이 있어서. 아차, 내가 요새 사무
실에서 영상작업을 하는데 한번 놀러 와라."

나는 들고 있던 카메라 가방을 엉거주춤 어깨에 걸치고 뒤적뒤
적 명함을 꺼내 그녀 손에 건넸다.

"응, 그럴게."

반가움이 보이지 않는 그녀의 무성의한 행동이 뜻밖이다. 그녀
의 반응에 무안해졌다. 일전에 성국이랑 병산이랑 밥을 먹던 고
깃집에서는 우연히 마주친 나를 반기며 즐거워하던 그녀였다. 그
때와는 판이하게 다른 태도에 비정함마저 느껴졌다. 그녀에게 주
려고 미리 챙겨놓은 항바이러스제는 깜빡 잊고 전하지도 못했다.

결혼식 촬영은 순조롭게 끝났다. 결혼식이 끝난 후 영상장비
가 들은 가방을 챙겨 로비로 가기 위해 승강기 하향 버튼을 눌렀
다. 새출발 하려는 신랑신부의 결혼식은 그들만의 이야기로 조촐
하게 꾸며지고 끝이 났다. 하객을 위한 결혼식이 아니니 사진이

라도 남겨야 한다는 신랑신부의 요청에 따라 꽤 오랜 시간 사진 기사가 카메라 셔터를 눌러댔다. 거리두기로 각종 행사가 취소되어 일감이 줄어든 상황이니 무슨 요구를 해도 달관한 미소를 지었다. 촬영을 다 마치고 수고했다며 신랑 측 누군가 내게 봉투를 내밀었다. 나도 곧 편집해서 보내주겠다며 명함을 건넸다.

"성국이가 그러는데 영상편집 실력이 엄청 좋으시다면서요?"

뜻밖의 칭찬에 촬영 내내 떨치지 못했던 설빈에 대한 서운함이 사라졌다. 인정을 받는 것만큼 중요한 일은 없을 것이다. 사람은 인정받기 위해 살아가고 있다고 해도 과장된 말이 아니다.

나도 J의 귓전에 속삭였다. 최고라고.

그땐 진심이었다. 말쑥한 양복을 입고 등장하는 J의 기사를 스크랩하고 사람들의 찬사를 받는 J에게 나의 모든 걸 쏟아붓고 싶었다. 매일 J의 이름을 검색하고 신문이고 영상이고 검색된 기사를 링크해서 아는 사람에게 보내며 J의 행보를 광고했다. J를 챙기는 건 곧 나를 챙기는 일이기도 했다. 내가 만들어준 영상으로 승승장구한다는 게 뿌듯했고 행복감까지 안겨주었다. 잊혀진 독립운동가가 따로 있는 게 아니라 나에게는 바로 J가 독립운동가이며 영웅이었다. 나의 전부가 되어버린 J를 위해 쏟는 시간과 열정이 아깝지 않았다. 전혀.

마음이 열리니 저절로 몸이 따라갔다. 어느 순간부터 딱딱한 카페의자에서 나누는 대화가 불편해지기 시작했다. J의 피곤한 얼굴 기색은 모성애를 불러일으켰다. 내 무르팍에 머리를 눕히고 머리카락을 쓸어주며 잠이 들게 만들어주고 싶었다. 호텔 앞 커피숍에서 기다리던 나에게 피곤해서 도저히 못 내려가겠다며 호텔룸으로 오라던 J의 청을 수락하게 되었던 때도 그즈음이었다. 두꺼운 방음벽은 외부로부터의 어떤 소리도 흡입하지 않았고 방안에서의 민망한 교성도 밖으로 방출시키지 않았다. J도 나도, 커튼으로 빛을 차단한 공간이 만족스러웠다. 부도덕한 일이었지만 어쩔 수 없는 일이라 여겼다.

10층, 영혼의 추락을 허락했던 기억이 오롯이 떠올려졌다. 엘리베이터 화살표가 10층에서 멈췄다. 누군가 내리거나 타려는 모양이다. 가슴이 뛰었다. 승강기 문이 열리면서 혹시 J와 마주칠 것만 같아 불안했다. 아까 호텔 로비에서 설빈과도 마주치지 않았던가. 지체하지 않고 비상구 계단 쪽으로 방향을 돌렸다. 로비까지 걸어 내려갔다. 땀이 나고 무릎 아래가 부들부들 떨리기 시작했다. 비상구 계단은 호텔 건물 옆 김밥집 화장실로 통해있었다. 길거리로 나오자마자 갑자기 머리가 빠개질 듯 두통이 몰려왔다. 속도 메슥거려 털썩 무릎을 구부리고 길가에 쭈그리고 앉았다. 호텔 식당에서 먹었던 음식이 탈이 난 건지 불긋불긋 발진이 올라왔다. J와의 밀회를 떠올리니 들이마시는 공기마저도 거부하듯 알레르기 반응을 보였다.

혹자는 내게 따지듯 몰아세울 것이다. 왜 그 자리에 얼쩡거렸냐고. 입이 열 개라도 할 말은 없다. 그래서 억울하다. 윤리에 벗어난 일을 했기에 부당하고 불합리한 일을 당했어도 항변할 수가 없다는 게 약점이고 흠이다. 남편이 있다는 나의 약점을, 나도 J도 잘 알고 있다. J는 내가 자신과의 염문을 발설할 수 없을 거라는 철저한 믿음을 무기로 삼았고, 나는 J에게 끌려다닐 수밖에 없었다. J의 영광은 바로 나를 짓밟고 일어선 결과였으나 그가 보여준 모습이 전부 가짜라고 외치지 못했다. 뿐만 아니라 나는 J의 거짓 경력을 만든 제조자였으며 조력자였다.

J는 자신의 일을 도와주는 주변 사람들의 후원에 대해 자주 입에 올렸다.

"비행기 표를 대신 내주는 건 아주 적은 돈을 기부하는 거야. 어떤 사람은 아예 책을 내는데 쓰라고 거금을 내놓는 후원자도 있었어."

"나처럼 말이죠?"

"에이, 그건 아무것도 아니지."

그때 나는 멈췄어야 했다. 오기를 발동시킬게 아니었다. 인정받고 싶다는 욕망을 낼 게 아니라 무료로 동영상을 만드는 일은 다른 후원자들에 비하면 아무것도 아니라는 배은망덕함에 돌을 던져야 옳았다.

J의 입성과정은 치밀했다. 오랜 시간 신뢰라는 공을 쌓았다. 시

민운동을 시작해서 정치판에 입성하는 다른 정치인처럼 사단법인을 만들었다. 재단을 만들고 사회 명망 있는 사람들로 구성된 이사들을 모아 재단을 설립했다. 재단이 설립되면 사람들을 끌어모을 수 있어 다음 단계의 진행이 아주 수월해진다. 이사회를 구성할 때 나는 제외됐다. 제외된 게 아니라 애초부터 J는 나를 그 판에 끌어들일 생각이 없었다. 나는 속으로 무척 서운했지만 자격미달이라고 애써 서운함을 달랬다. 웹사이트도 제작한 재단이 그럴듯하게 외형이 갖춰지자 사람들이 J 주변에 모여들었다. 뜻이 보태지고 후원금의 규모가 커져갔다. 재단에 들어온 후원금은 체류비만 해결하면 됐던 경비 수준이 아니라 이제는 사업을 벌여도 좋을 금액이 들어왔다. 사람들은 자신들이 후원한 돈이 구체적으로 어떻게 쓰이고 있는지 궁금해했다. 아니, 모여든 사람들을 위해서 뭔가 사업을 추진해야 했다. 하지만 재단에서 벌이는 사업은 눈속임용이었다. 후원금이 들어와도 후원금은 재단을 위한 재산으로 저축될 뿐이다. 사업이라고 해봐야 그 돈의 쓰임새는 모금행사를 위한 용도로만 사용되었다. 모금행사는 그들만의 잔치로 화려하고 요란했다. 그 모임에 소속되는 걸로 존재감을 느끼려는 사람들이 점점 늘어나자 J는 서서히 버려질 사람, 버려야 할 사람, 그리고 의도적으로 끌어들일 사람들을 구분하기 시작했다. 아무도 J의 용의주도한 행각을 알아차릴 수 없었다. 그들도 나처럼 인생의 한 부분을 뜻깊은 일에 동참해야 한다는 선량한 마음을 내었을 것이다. J가 거머쥔 권력이 순수하고 양심이 밝은 사람들의 영혼에서 출발했음을 아는 이는 그리 많지 않았다.

　사실 나는 정구경이라는 인물에 대해 아는 게 없었다. 미국에 가족들이 있다는 정도만 알 뿐이었다. 그가 이렇다 할 직업이 없다는 게 의심스럽긴 했지만 세상에 드러나지 않은 독립운동가를 찾아다니는 일이기에 다른 직업이 있어서는 안 되는 일이라 여겼다. 그가 한국에 나와서 쓰는 경비를 충당하기 위해 강연료를 받는 건 당연하다고만 생각을 했다. 사람들은 J의 강연에 감동하며 열광했다. 설득력이 뛰어난 그의 언변 때문인지 J의 주변에는 추종자들이 꼬여 들었다. 나뿐만 아니라 J를 만난 대다수의 사람들은 그가 어떤 방법으로 사람들의 영혼을 빼앗아가는지 알지 못했다. 자신의 영혼에 빨대를 꽂은 J의 정체를 알지 못했다. 그토록 치밀하고 철저한 J의 목적은 딱 한 가지뿐이었다. 그럴듯한 직함을 갖는 것. 결국, 그는 자신이 원하는 직위를 갖게 됐다. 어쩌다 공무원이 된 것이다. 그리고 내 역할은 거기까지였다. 그는 내가 더 이상 필요하지 않았으나 나는 그에게 뭔가 할 수 있음을 보여주고 싶었다. 쓰다 버린 소모품이 되어버린 내가, 나를 포기할 수는 없었다.

　이런저런 생각이 미치자 핸드폰을 꺼냈다. 강남거리에서 구토를 할 게 아니라 당당하게 따져 물어야 한다고 생각했다. 전화를 받으면 당장 호텔 10층으로 올라갈 요량이었다. 연락 없이 그냥

들이닥칠 수도 있지만 그렇게 막장으로 나가고 싶지는 않았다. 내가 한국에 나와 있는 걸 알면서도 연락을 하지 않는 J가 괘씸했다. 하지만 세 번이나 전화를 걸어도 모두 음성사서함으로 넘어갈 뿐이었다. 리턴 콜을 기다렸지만 끝내 연락은 없었다.

나비의 욕망

임시로 쓰는 사무실이라 간판은 걸지 않았다. 그냥 지나치면 폐업을 한 가게인지, 사무실 안에 사람이 있는지 알 수 없다. 간판도 없는 사무실이라서 촬영 문의가 없는 게 아니다. 코로나사태로 모임 자체가 어려운 시국이라 수입을 기대할 수가 없는 것뿐이다. 나만 겪는 어려움이 아니니 사태가 진정되길 기다리는 게 수다. 그나마 마당발인 성국이 덕에 뜨문뜨문 일거리가 들어왔다. 촬영해달라는 요청이 밀리지 않으니 촬영한 영상편집에 정성을 쏟았다. 정성으로치자면 영상편집 실력은 세계 대상감이기도 하다. 그걸 아는 성국이는 자기가 소개시켜 주고 오히려 칭찬까지 받는다고 내게 고마워했다. 정작 한턱을 내야 할 사람은 나였다. 나는 성국이 덕분에 일거리가 들어왔다며 남편에게 자랑했다. 그 말을 듣자 멸치눈매 같은 남편의 표정이 금세 하회탈로 변했다. 다른 사람한테 자기 밥그릇을 내준다는 건 큰맘 먹어야 가능한 일이라며 후배를 잘 뒀다고 남편의 얼굴에 화색이 돌았다. 아무리 내가 좋아하는 일을 하느라 살림은 뒷전이라 해도 수입에 관한 한 남편의 눈치를 살피지 않을 수 없었다. 영업시간 제한으로 식당마다 폐업을 하는 판국에 사무실을 또다시 열었다고 그동안 쏟아낸 쓴소리가 열두 상자다. 툭하면 미국을 다녀온 일을 들먹이는 통에 나는 밤송이를 깔고 앉은 심정이었다.

성국이가 지방촬영이 있다고 촬영 일을 내게 소개하는 건 둘러대는 말이다. J를 내게 소개해준 미안함 때문에 일부러 알선해준다는 것을 모를 내가 아니다. 나에게 J를 소개시켜 준 일로 항상 미안해했다. 자기도 그런 작자인지도 몰랐다고 미안해했다.

"나도 무명의 독립운동가들을 찾아다닌다니까 동정심이 생겼지. 누나도 평소에 그런 일들을 하고 싶어 했잖아. 그래서 연결시켜 주었는데⋯."

J는 타인을 설득하는 능력이 탁월했다. J가 뿌리고 다니던 그 제안서는 한민족이라면 선조들에게 갚아야 할 보은의 빚이 있음을 상기시키게 했다. 가족들을 등지고 독립운동을 한 덕으로 지금 후손들이 번영을 누리고 있으니 선조들의 희생을 후손들이 대접해줘야 한다는 그 주장이 틀렸다고 감히 누가 막아서겠는가.

J는 사람들에게 애국심이라는 마음의 부채를 느끼게 만들었고 선량한 이들의 마음에 깊숙하게 보은의 갈고리를 꽂았다. 사람들이 어떤 일에 감동을 느끼고, 어떻게 하면 자신이 가진 돈과

시간을 내놓는지 인간애를 알았으며, 마음이 열리면 시간과 물질은 저절로 따라오게 돼있는 심리의 순서를 훤히 꿰뚫고 있었다.

그 사기술에 날개를 달아준 게 내가 만들어준 영상이었다. 그 영상은 사람들의 마음을 움직이게 하는 최고의 수작이었다. 그 영상을 보고 눈물을 흘리지 않은 사람이 없었다고 했다.

─동영상은 잘 만들었어. 그 동영상을 틀어주면 사람들의 반응이 완전히 달라져. 강의 시작할 때와 끝날 때의 분위기는 하늘과 땅 차이지.

J는 내가 만든 동영상이 매우 흡족해했다며 내 품을 파고들었다. J의 칭찬에 나는 우쭐해졌고 지극히 만족스러웠다. 그가 갈퀴로 의열한 내 마음을 긁어가는 것도 모르고 말이다. 순진했던 착각의 말로는 비참했다.

"누나, 그 정구경이라는 사람한테서 요새도 연락 와?"

"아…, 아니."

"지난번에 누나가 만들어줬던 그 영상 뒤로 연락이 없어?"

"그, 그땐 연락을 좀 주고받았지."

"내가 우연히 뉴스 팀에서 들은 건데, 우리 방송국에서 8·15 광복절 특별기획으로 인터뷰할 인물을 고르다가 그 사람으로 정하게 됐나 봐."

"그, 그래? 잘됐네."

"누나가 만든 영상 덕에 그 작자가 대통령상도 받았잖아?"

"그, 그래?"

"누나! 몰랐어? 그 상금이 꽤 되던데…."

"상금을 받았다고?"

"정말 몰랐어?"

"얼마나 받았는데?"

"오천만 원인가?"

"오, 오천?"

"게다가 상금도 받고 그 사람이 위상이 엄청 올라갔거든. 나는 그 영상을 누나가 만들어 줬던 속사정을 빠삭하게 알고 있잖아? 근데 누나 이야기는 일절 하지 않더라고."

"그, 그랬구나."

"우리 실장님이 8·15 행사 취재 때문에 그 작자 만났는데, 인터뷰 다녀와서는 그 인간 못 쓰겠더라고 욕을 엄청하더라고."

"…."

실장이라는 사람은 어떻게 한눈에 J의 사람됨을 알아봤을까? 내가 만든 영상 때문에 정부 지원금을 받았다는 걸 알게 된 것도 처음 듣는 이야기다. 내 동공이 초점을 잃고 잠시 흔들렸다.

애초부터 대가를 바라고 작업을 한 게 아니라서 지원금을 탔어도 나와는 상관없는 일이라고 위안을 삼았다. 하지만 위로는 되지 않았다. 그는 철저하게 이기적인 사람이었다. 제작비를 안 받고 공짜로 만들어줬으니 하다못해 자그마한 화장품 세트라도 챙겨줘야 하는 게 아닌가. 선물은커녕 오천만 원이나 받았다는 수상 소식을 내게는 한 마디 입도 뻥긋하지 않다니. 그동안 온 마음으로 그에게 베풀었던 수고가 염산에 녹아내리는 듯 서운함으로 몰려왔다. 그깟 선물이 뭐라고, 큰 거 받을 게 아니라면 차라리 안 받는 게 낫지. 선물은 내가 요구하는 게 아니라 상대방이 알아서 줄 때 가치가 있는 법이다. 진심이 없는 감사 따위는 받고 싶지 않다며 애써 잊어버리려고 해도 위산 역류하듯 서운함이 시도 때도 없이 올라왔다. 심장에 구멍이 났는지 가슴 안으로 세찬 바람이 들락거렸다. 나도 모르게 애꿎은 휴지통을 발로 걷어찼다. 그 화풀이가 더 견딜 수 없었다. 타인의 수상에 기뻐하긴커녕 서운한 감정이 먼저 일어난다는 건 된 사람이라면 느껴서는 안 되는 몹쓸 감정이라고 오히려 나를 나무랐다. 그런데 그럴수록 진정되기는커녕 화가 얼굴로 올라왔다. 훨씬 그 전에 내게 보였던 J의 태도에 미적지근 넘어갔던 나에게 화가 났다. 타인의 잘됨을 축복하고 빌어야 한다는, 그래야 성숙한 인격이라는 이론은 이론을 위한 장식품에 지나지 않았다.

대통령과 대면하고 청와대 출입이 자유로워진다고 자랑했던 그 시점이었나? J는 벌컥벌컥 짜증을 내는 일이 잦아지고 나더러 무례하다는 말을 쉽게 내뱉었다. 나를 무례한 사람으로 둔갑시킨

J가 어느 국회의원에게 극찬의 아부 섞인 인사를 하는 통화소리를 듣고 나는 휘청거렸다. 심장이 떨려왔다. 사람들은 왜 그런 수모를 겪으며 참고 있냐고 나를 나무라겠지만 난 내가 호구가 된 줄을 몰랐다. 착취를 당하고 있다고 여기지도 않았다. 자존감이 바닥이었던 나는 나를 사랑하는 방법을 몰랐다. 아니, 사랑과 희생을 잘못 이해한 거다. 사실대로 말하자면 그런 작자 곁에서 대접도 제대로 못 받는 내가 잘못된 게 아니라 나같이 선량한 사람을 감정의 그물 속에 가둬놓고 욕정을 해결하는 놈이 나쁜 놈이었다. 선량이라고 표현해놓고 나니 양심에 걸리긴 한다. 말이야 바른 말이지 내가 선량했던 건 아니지 않은가. 내가 J에게 속아서 이용당했다고 외친다한들 내 손을 잡아줄 사람을 없을 것이다. J가 그럴듯한 제안서를 들고 다니며 뭇사람을 현혹시킬 때 속아 넘어가는 사람이 있다면 그 사람 잘못이다. 그도 뭔가 자신에게 떨어질 이익을 계산하고 J에게 접근했을 테니 말이다. 그 이익이라는게 꼭 금전만을 의미하진 않는다. 정신적으로 누렸던 만족감까지 포함시켜야 한다. 나는 J에게 물질의 보상을 바란 것은 아니었으나 그와 함께 나누었던 밀회를 통해 잠시나마 원초적이긴 했었으니까. 남편을 두고 부도덕했던 내가 대접을 바라다니. 그래도 난 나쁜 놈을 나쁜 놈이라고 말하지 못해서 억울하다. J는 자기가 필요할 때마다 나에게 연락했고 나는 그의 연락 두절에 익숙해져 있었다. 그는 잊혀질만하면 내게 카톡을 보냈다. 뜬금없이 연락이

오면 나는 아무 저항도 없이 J에게 달려갔다. 아무도 내가 J와 밀회를 즐기고 있다는 것을 눈치채는 사람은 없었다. 문득 나의 비행을 털어놓고 싶은 충동을 느꼈던 것도 사실이다. 하지만 나는 끝내 J와의 밀회를 마음속에 박음질해버렸다.

아름답지 못한 이야기다. 세상 밖으로 펼칠 수 없는 이야기는 비밀스런 일기장처럼 가슴에 묻었다. 나는 상해를 입고도 아무도 모르게 덮어야 했다. 나와 J와의 통간이 세상에 까발려진다면 차가운 심장을 지닌 사람들이 돌멩이를 던질 것이고, 나는 돌무덤에 파묻혀 숨을 거둬야 했을 것이다.

내가 거리에 내팽개쳐진 부러진 우산 꼴이 되어버렸다는 걸 전혀 눈치채지 못하는 성국이의 측은함 덕분에 밥벌이를 이어나갈 수 있었다. 성국이가 연결해준 일거리는 임대료 빼고도 반찬값에 보탬이 되었다. 새 임대인이 들어오면 사무실을 내줘야 했지만 이젠 그럴 필요는 없을 것 같다. 상가주인에게 첫 달치 임대료를 갖다 주었다. 말로는 그냥 사무실을 쓰라고 했지만 사람 된 도리로 무상으로 쓸 수는 없었다. 바이러스 확진자 수가 감소했는지 한동안 뜸했던 모임들이 다시 열리는 분위기다. 하지만 언제 또 거리두기 단계가 격상될지 모르는 상황이다. 다음 달 임대료 마련할 생각이 걱정이긴 하지만 요즘 같아선 차라리 촬영일감이 들어오지 않는 것도 다행이다. 사실 이렇게 더운 날은 카메라를 들고 다니는 것도 보통 체력 갖고는 힘든 일이다. 땀을 하도 많이 흘려서인지 굳이 다이어트를 하지 않아도 벨트 구멍 한 칸을 옮겨야 청바지가 흘러내리지 않았다. 나는 치마를 허벅지까지 올리고 LA에서 찍은 영상에 3D 이미지를 추가하고 있었다.

건물 에어컨이 고장이 났다. 수리공이 여름휴가를 떠났다니 고칠 때까지 어쩔 도리가 없다. 땀 때문에 허벅지에 습진이 생겼다. 한여름에 습진이 생기는 건 고3 때만 생기는 줄 알았다. 습진인지 물집인지 넓게 퍼진 발진 부위가 쓰라렸다. 연고를 발랐는데 땀과 범벅이 되어 앉아있는 것도 고역이다. 들어올 사람도 없으니 치마를 사타구니까지 올리고 작업에 열중하고 있었다.

말로만 고맙다고 하지 말고 밥 좀 사라던 성국이가 하필이면 건물 에어컨이 고장 나던 날에 찜통 같은 사무실을 방문했다.

"누나! 이렇게 더운 날 뭐해?"

"왔니? 잘 왔다. 그러잖아도 너랑 밥 한번 먹자고 부르려던 참이었어."

"뭐야? 에어컨도 안 들어오잖아? 꼬질꼬질하게 뭐하고 있어?"

"그냥, 하던 거 작업하는 중이야."

"하던 거?"

"지난번 미국에 가서 촬영하다가 코로나 때문에 포기하던 작업…."

"그거 완성되면 나한테 보내봐. 이렇게 열의를 갖고 작업을 하는데 내가 부장님께 전달할게. 방송을 탈 수 있을지 장담할 수는 없지만 소개는 할 수 있어."

"그래?"

확률로 치자면 성국이의 소개로 방송을 탄다는 건 거의 0%에 가까웠다. 그런데도 내게는 100%의 희망으로 들렸다. 나를 알아주는 사람이 있다는 데 억척을 부리고 싶었다. 탐욕의 꼬리였다 해도 인정을 받는다면 기분 좋을 일이었다. 그뿐이었다. 그 이상의 욕심은 없었다. 선정이 되지 않으면 잠시 실망은 되겠지만 그것이 아니라도 나는 그저 간판도 없는 허름한 작업실에서 이제 막세상에 첫발을 딛고 걸어가는 돌잡이를 찍은 영상에 음향을 넣거나 장수를 비는 자손들이 박수치며 재롱을 떠는 팔순 잔치 영상 편집을 위로삼아 살아가면 된다. 영웅을 찾아다닌다고 영웅이 되는 건 아니다. 죽은 영웅을 앞세워 자신이 높아지는 사람은 있겠지만 그 자리는 구름 위에 갖다 놓은 철제의자에 불과하다. 구름이 그 철제무게를 지탱할 수 없을 테니 언제고 땅 밑으로 추락하는 건 자명하다.

성국이의 귀띔에 밀쳐두었던 작업에 속도가 붙었다. 그래서 목표를 세우는 다짐은 때론 필요한가 보다. 팽팽한 긴장감 때문에 질퍽거렸던 마음이 풀을 먹인 듯 빳빳해졌다. 기한이 정해진 것도 아니었으나 빨리 마무리를 짓고 싶었다. 1초의 영상에도 허투루 지나지 않게 의미를 부여했다. 30분의 영상이지만 3000시간의 분량의 이미지를 집어넣으려 초집중을 했다. 모니터 2개를 번

갈아 가며 작업을 했다. 한참 집중하다 보니 눈이 침침해졌다. 팔을 뒤로 뻗어 스트레칭을 하다가 힐끔 작업 중인 모니터 옆의 다른 컴퓨터 화면을 보게 됐다. 뉴스영상에 J가 대통령과 나란히 서 있는 장면이 날 파리 날아가듯 나타났다 사라졌다.

저 인간이 대통령과 나란히?

정신이 핑 돌며 아득해졌다. 미련인지, 분노인지 모를 번민이 올라왔다가 가라앉았다. 손끝이 떨려 마우스를 잡을 수가 없었다. 여전히 분노를 일으키는 감정의 찌꺼기가 밑바닥에 있었다. 머릿속이 온통 흙탕물로 출렁거렸다. 시기심이라고 생각하니 유치했다. 솔직히 그런 마음도 없지는 않다. 남이 잘되는 게 배가 아픈 거라고. 그런데 정말로 나의 전부였던 J의 출세가 배가 아파서 이렇듯 흥분하는 건 아니다. J가 대통령의 옆자리에 서 있다니. 그것도 공식적으로. 아직도 그의 실체가 드러나지 않은 것인가. 실체가 드러나기는커녕 정부가 나서서 엉터리 제안서를 채택하는 모양이다. 요즘 들어 정부 각료들과 나란히 함께 걸어가는 J의 활동이 자주 뉴스에 등장했다. 이젠 대놓고 대통령과 어깨를 나란히 하고 있었다. 벌거벗은 J의 알몸을 본 적 없는 사람들은 사기를 당하는 줄도 모르고 그의 껍데기에 열광했다.

J가 새로 내놓은 제안서는 '위안부들의 복지후생과 사후 관리에 관한 편람제작'이었다. 그 아이디어는 내가 제공했다. 외부세계가 차단된 그 호텔 방에서는 이상하게도 기발한 생각도 함께 떠

올랐다. 미래를 기획하고 설정하는 정욕의 시간은 솜사탕처럼 달콤했다. 국가의 예산이 어떻게 쓰인다는 걸 잘 아는 J는 아주 좋은 아이디어를 생각해냈다며 자신의 남성을 다시 일으켜 세우며 나를 끌어안았다. 나는 세련된 기획안에 영상을 곁들였다. 비주얼로 풀어낸 프로젝트 영상을 본 정부 관계자들은 위안부들에게 훈장을 줘야 하는 것 아니냐고 할 정도로 감동을 받았다고 했다. 사람들은 J의 인도주의적인 제안에 찬사를 쏟아놓기 시작했다. 시민들의 마음을 얼러줄 프로젝트가 필요했던 차에 정부는 그 제안서에 주시했고 주요 인사가 된 J는 이제 대통령과 함께 등장했다.

편람을 제작해야 한다는 구실로 이번엔 얼마의 국가 예산을 신청했을지, 도저히 심장이 떨려서 영상편집 작업을 진행할 수가 없었다. 이 기분으로는 컴퓨터 앞에 더 이상 앉아있을 수가 없었다.

내가 무슨 짓을 했던 거지? 범죄를 공모한 공범죄라는 것도 있지 않은가. 덜컥 뒷골이 내려앉았다. 전쟁으로 위안부가 되어야 했던 할머니의 후생을 들먹이는 그 남자를, 세상은 알지 못했다. 오히려 J를 휴머니스트라고 추켜세웠다. 조금만 발로 뛰어도 그의 본체가 밝혀질 텐데 세상은 인권으로 치장되고 나눔을 실천하는 외적인 공적 뒤에 실상은 배설의 욕구에 쩔쩔매는 사기꾼에게 놀아나고 있었다. 설령 그 거짓말이 탄로 난다 해도 사람들은 '그럴 리가 없다'고 부인할 것이다. 깔끔하게 다림질을 한 와이셔츠에 넥타이를 단정하게 맨 남자가 절대로 음탕한 짓을 저지를 리가 없다고 도리질을 칠 테지. 그럴 리가 없다는 프레임에 갇혀 시장의 자살을 받아들이지 못하는 이도 있는 것처럼 J의 전모가 드러나도 고개를 가로 흔들며 인정하지 못할 것이다. 나도 '그럴 리가 없다'고 여겼기에 그를 도왔다. 치기어린 감정이라고 꾹꾹 누르지 말고 정당한 대가를 요구했어야 했다. 난 안다. J가 어떤 인간이라는 걸. 하지만 비열한 인간이라 해도 어떻게 발설하겠는가.

작업을 멈추고 사무실을 나섰다. 수첩을 꺼내 들었다. 수첩에 적어놓은 주소를 더듬어 찾았다. 인권단체인 '나비센터'라는 곳은 강북에 있었다. 지하철 3호선을 타고 홍은동 역에서 내렸다. 고가도로 밑에 자리 잡은 센터는 여러 번을 돌고 나서야 찾을 수 있었다. 티타늄판에 새겨진 '나비센터'라는 이름을 확인하고서 문을 열었다. 평생을 책상에 앉아 공부밖에는 하지 않았을 파리한 혈색의 여자가 나를 맞이했다. 무슨 일로 왔냐는 그녀의 물음에 우물쭈물 대답했다.

"저, 상…의 드릴 일…이 있어서."

말을 끝맺지 않아도 무슨 말인지 짐작하는 모양이다. 그 여자는 얼굴을 반이나 차지하는 큰 안경을 위로 치켜 올리며 나를 사무실 안쪽으로 안내했다. 베트남어로 된 동화책이 꽂혀있는 걸봐서는 이곳의 주된 방문자는 동남아지역 사람임을 알 수 있었다. 3분 정도 흘렀을까. 후덕하게 생긴 여자가 들어왔다. 차미숙이라는 명함을 건넨 여자는 긴장된 내 표정을 풀어주려는 듯 내게 차를 마시겠냐고 물었다. 나는 거절하지 않았다. 막상 입을 떼려고 하니 머릿속에 준비했던 긴장된 대본이 모래처럼 부서졌다. 차 맛이 떫었다. 커피를 달라고 할 걸 그랬나? 커피를 마셨으면 쓰다고 여겼을 것이다.

"마음을 놓고 말씀해 보세요. 학대를 받으셨나요?"

"그, 것과 비슷해요."

"구체적으로 어떤 학대를 받으셨나요?"

"일을 해줬는데 정당한 대가를 받지 못했어요."

"어떤 일을 해주셨는데요? 계약서는 쓰셨나요?"

"아니요."

계약서가 있을 리 없다. 처음엔 돈을 받기로 했지만 구체적인 금액도 정하지 않았으니 1차적으로는 내 잘못이다. 게다가 돕고 싶다는 동정심으로 변했으니 2차도 내가 어리석었다. 감정적으로 얽히게 되어 일을 해주고도 정당한 대가를 받지 못한 노동착취에 대해 어떻게 설명해야 할지 생각이 갈팡질팡했다.

"그럼, 봉사를 하신 건가요?"

봉사, 딱 그거였구나. 난 돈을 벌어야 했는데 J는 그런 나를 봉사한다고 여겼던 거다. 그래서 상을 받아도 당연한 듯 아무 선물도 내게 주지 않았다.

"봉사를 하겠다고 시작한 건 아니었어요. 나중에 준다고만 하고는 때가 되면 줄 줄 알았어요."

"시작할 때 얼마를 지불하겠다고 했나요?"

"그, 그건 말하지 않았어요."

여자는 잠시 팔짱을 끼고 고개를 들어 천장을 바라봤다. 난감해하는 여자의 몸짓을 보며 잠시 갈등했다. 모든 걸 솔직하게 털어놓을까? 나의 노동과 육체와 정신을 모두 빼앗겼다고. 그게 너무 억울해서 견딜 수가 없노라고. 내 덕에 대통령 옆에 동반자로 서있는 J의 승승장구가 배알이 꼴리는 게 아니라 약자의 힘을 이용해서 자신의 영달을 채우는 건 막아야 한다고 말하고 싶었다.

"직원채용을 했을 때는 임금을 주기로 하고 채용을 하는 건데 일을 해주고 정당한 임금을 받지 못했다면 노동법에 위반됩니다."

"직원채용이요? 제, 제가 프리랜서로 일을 해줬던 거거든요."

"그럼, 개인사업자이시네요. 임금체불이 아니라 손님한테 받을 돈을 못 받은 거군요."

"네, 일을 해줬는데 돈을 안 줬어요."

"제가 보기에 이 경우는 처음부터 임금에 대한 이야기가 오고 갔어야 합니다. 자기는 봉사해주는 알았다고 발뺌을 하면 할 말이 없어지는 거거든요. 변호사를 찾아가서야 할 것 같은데요."

"변호사요?"

"받을 금액이 얼마인지 모르겠지만 많지 않다면 그분께 돈을 직접 달라고 요구하세요. 변호사 수임료도 어느 정도는 있어야 하거든요."

"무료변론을 해주실 분은 없으실까요?"

민사소송을 알아보라며 내게 무료변호사 명함을 건네주었다. 변호사, 법에 호소하라는 말에 영혼이 발밑에서 서걱댔다. 지금껏 한 번도 법을 어긴 적이 없어서 경찰서를 방문한 적이 없다. 게다가 친구하고 싸워도 제대로 이긴 적이 없는 나였다. 내가 옳았어도 웬만하면 상대방 의견이 옳다고 져주기만 했던 내가 법에 호소를? 자신감이 발끝을 지나 땅 밑으로 스며들었다.

집 근처 재래시장에 들렀다. 시장 안은 한산했다. 손님이 없다고 뒷짐을 지고 썰렁한 시장을 둘러보는 생선가게 주인의 허탈한 넋두리를 위로할 겸 굵은 소금이 적당하게 뿌려진 고등어자반 한 손을 손에 들었다. 그리고 보기만 해도 입안이 얼얼할 정도로 새빨간 고추장이 뒤범벅이 된 떡볶이도 챙겼다. 생선가게 앞에 있는 튀김집 떡볶이를 보니 갑자기 매운 게 당겼다. 고등어자반은 남편을 위한 반찬이고 떡볶이는 내 몫이다.

야채 가게 주인은 허리에 두른 전대에 손을 꽂은 채 TV를 보고 있었다. 8·15 광복절 날 집회를 강행하더니 다수의 확진자가 생긴 모양이다. 그 집회를 주도했던 종교인이 병원으로 향하는 뉴스장면을 보던 상인들이 손님 끊긴 화풀이를 입으로 하고 있었다.

"이 판국에 뭔 지랄들을 한다고 모여 싸서 병을 옮게?"

"저기 모였던 사람들 죄다 코로너 환자가 된겨?"

"양성이면 집에 처 자빠져 있을 것이제, 뭣 한다고 기어 나와서 여기저기 균을 옮기고 다닌데?"

"자기도 걸린 줄 몰랐것제!"

"하튼 말들도 드럽게 안 들어! 모이지 말라는 데 왜 꾸역꾸역 모인디야?"

"저, 마스크를 턱에 걸치고 앰뷸런스를 타는 것 좀 봐!"

"저 잡것들 시장에 와서 병균만 퍼트려봐! 내 가만히 안 둘터!"

"고걸 우짜 잡것소? 누가 지 몸속에 병균이 있다고 밝히고 다니것소?"

"고거이 문제구만."

"그나저나 코로나 땜시, 내 살다 살다 이런 황당한 세상은 처음 겪어보네."

"재수 없게 걸린 사람만 억울하제."

"그라제, 병에 걸리면 엇다 하소연하것어."

"하소연은? 쳇, 내 속만 터지는 거지."

법은 멀었다. 법이 존재해도 내 손을 들어줄 거라고 장담할 수 없는 일이다. 내가 끌어안고 버티는 게 수였다. 건어물 가게를 지나 화사한 이불이 켜켜이 쌓여있는 포목집 앞에 서서 잠시 안을 기웃거렸다. 물건을 사는 줄 알고 여주인이 나더러 들어오라고 손짓을 한다. 민망해서 얼른 그 자리를 떴다. 귀금속이 반짝거리는 보석상을 지나쳤다. 열기에 숨이 죽은 상추와 열무배추를 파는 노판을 지나자 그릇가게가 나왔다. 가게 밖에 소쿠리며 찜통을 내놓은 물건들을 보니 접시라도 하나 사고 싶어졌다. 사각형 접시를 두 개 집었다. 짙푸른 신록을 연상케 하는 연두 빛 염료가 칠해진 접시였다.

그 접시를 쳐다보니, 문득 살고 싶어졌다.

살아야겠다는 욕망이 가슴을 뜨겁게 차올랐다. 더우면 더운 데로 추우면 추운 데로 바람막이도 없는 노판에서 묵묵히 물건을 파는 상인들, 불편함을 거부하지 않고 찬바람과 더운 열기를 온몸으로 맞아서고 물건을 파는 시장 상인들의 거친 표정을 훑으며 마음을 암팡지게 고쳐먹었다. 나도 오늘만 버티자, 내일은 또 내일 생각하자. 오늘 살아있으면 내일도 의미가 있는 일이다. 마음을 배꼽 아래 단전 밑으로 집어넣었다.

일을 마치고 땀범벅으로 들어온 남편이 배고프다며 유난을 떨었다.

"이거, 오늘 새로 산 접시야. 여기다 고등어를 올려놓으니 그럴듯하네."

"새 접시? 그래서 그런지 생선이 더 맛있게 느껴지네."

고추장을 입가에 묻히며 비닐에 담긴 떡볶이를 얼얼하도록 먹었다. 얼마나 소유해야 만족을 할지 모르지만 접시 하나만 장만해도 넉넉해지는 저녁이다.

─그래, 한강에 배 지나갔다고 생각하자.

적당히 소금 간이 밴 고등어자반은 흰 쌀밥과 아주 잘 어울렸다. 열무김치를 곁들이니 더위로 잃었던 입맛이 살아났다. 매운 떡볶이의 감칠맛은 지친 기력을 돋아주었다. 떡볶이와 고등어자반 구이가 어울리는 조합은 아니었지만 배가 고프면 격식도 사치다. 밥 두 공기를 비웠다. 달달한 커피믹스로 입가심을 한 남편은 선풍기 바람을 맞으며 잠이 들었다. 습진이 번지지 않게 허벅지에 연고를 발랐다. 날씨가 서늘해져야 습진이 나을 듯싶다. 불빛을 따라 들어온 나방 한 마리가 TV화면에서 길을 잃은 듯하다. 나방의 욕망을 속으로 나무라며 나도 아주 오랜 만에 단잠을 잤다.

전염병

세계보건기구에서 코로나바이러스를 전염병이라고 공식적으로 선언한지 6개월이 흘렀다. 수시로 업데이트되는 확진자 통계는 하루를 죽음의 신 하데스가 사는 어둠 밑으로 끌고 갔다. 그러나 충격도 반복되면 평범함으로 흡수되는 법이다. 전 세계적으로 확진자가 늘어나는 추세지만 전염병 통계수치도 시간이 갈수록 무덤덤해지고 자극이 되지 못했다. 때맞춰 기발한 바이러스 대처법이 인터넷에 넘쳐나고 덩달아 진위를 가릴 수 없는 뉴스가 빛의 속도로 퍼져나갔다. 어느 게 진짜이고 어느 게 가짜인지 의심은 생겼지만 솔깃했다. 불안해서일까. 5년 전에 전염병에 대해 유튜브 TED에서 강연했던 빌 게이츠의 동영상의 조회 수가 껑충 올라갔다.

"만약 앞으로 몇십 년간 무엇인가가 천만 명이 넘는 사람들을 죽인다면 그건 아마 전쟁이 아니라 전염성이 매우 강한 바이러스일 것입니다. 경계해야 할 것은 미사일이 아니라 미생물일 것입니다."

빌 게이츠는 자기 생애 최고의 경기침체가 올 것이며 경제는 언젠가 회복될 수 있지만 죽음은 되돌릴 수 없다며 백신이 등장하는 기간까지 언급한 그는 전염병이 개발도상국으로 번지는 것을 우려했다. 5년 전에 미생물의 출현을 언급했던 그의 발언이 실제로 일어나자 사람들은 코로나바이러스 출현이 빌 게이트의 사기에서 비롯됐다는 또 다른 영상이 그럴듯하게 등장했다. 코로나 백신 개발에 수십억 달러를 투자한 빌 게이트가 자신의 사업을 위해 일부러 바이러스를 인위적으로 만들어 살포했을 거라는 발 없는 소문이 영상으로 인터넷에 떠돌았다.

나도 의구심이 들었다. 백신접종은 전 세계인에게 동등하게 제공해야 한다고 주장하는 빌 게이츠의 인터뷰 영상을 보며 나는 왜 그는 헤르페스바이러스에는 관심을 갖지 않는 걸까? 헤르페스바이러스가 사람 몸에 들어와도 죽음에 이르게 하지 않아서인가? 그 바이러스는 내 몸 안에 침투했어도 암처럼 당장 죽을 병은 아니니까 신경을 쓰지 않아도 되는 걸로 이해하는 모양이다. 신호등이라고 생각하고 면역력을 높이라던 의사의 조언이 현재로선 헤르페스라는 바이러스를 억제하는 최선의 방법이라니. 하지만 걸려본 사람만이 안다. 죽음은 아니지만 헤르페스 감염이 죽음에 이르게 하는 깊은 우울과 절망을 안겨준다는 것을. 증상이 있든 없든 자기도 모르게 사랑하는 사람에게 감염시켰다는 죄책감이 사람의 마음을 얼마나 황폐하게 만드는지 빌 게이츠가 과연 몰랐을까?

전염병에 대한 경각심을 언급했던 빌 게이츠의 발언이 진짜이든 가짜이든 그의 예언대로 지구 전체가 전염병으로 곤란을 겪고 있다. 과학의 기술로 조만간 미생물에 대한 규명이 이뤄지리라. 코로나 발생이 인간에 의해서였든 자연발생적이든 진짜와 가짜가 구별하기 어려운 건 판명이 되는 데 시간이 걸리기 때문이다. 사기를 당해도 자신이 타인에게 속고 있음을 미리 알 수 있는 방법은 없다. 모든 걸 탈탈 털려서 빼앗길 게 없을 지점에 도달해야 그제야 정신을 차리게 된다. 그때 제정신으로 돌아온다면 그나마 다행이다.

나는 정신은 차렸지만 보상을 받고 싶은 본능 때문에 속았다는 것마저 인정하지 않으려고 했다. 이용만 당했다는 자각은 반성으로 끝낼 수는 없었다. 타인에게 속은 이유가 내 욕망의 결과가 낳은 것이라 해도 나는 파멸로 치닫는 반성의 문고리를 놓칠세라 꼭 붙들고 복수를 꿈꾸었다. 그리고 옳고 그름을 나누지 못하는 회색의 지대에 숨어 몰래 부정한 숨을 내쉬었다.

인간의 적응력은 실로 위대하다. 갑갑했던 마스크를 쓰지 않으면 오히려 허전하다. 중동 사람처럼 눈만 내놓는 마스크 쓰는 차림도 이상하지 않다. 전염병이 돈다고 해서 생업이 모두 멈춘 건 아니었다. 유통업계는 코로나 덕에 호황을 맞이했다. 배달 물량이 눈 뜨기가 겁날 정도로 늘어났다고 남편은 허옇게 소금기로 얼룩진 작업복을 벗으며 투덜댔다.

"아마존 창시자가 떼돈을 벌게 생겼어."

"그러게, 요새 늘어난 택배 물량으로 밥 먹을 시간도 없다고."

"베이 조스가 갑부 대열에 1순위래."

"어떤 놈이 갑부가 되든지 떼 부자가 되든지, 그놈의 코로나 때문에 나는 죽을 것만 같아."

하루 종일 얼마나 많은 땀을 흘렸을까. 작업복에 맺힌 땀방울은 소금성분만 비듬처럼 하얗게 남기고 말라버렸다. 남편의 작업복을 따뜻한 물에 담가놓았다. 두 벌밖에 없는 작업복을 번갈아 입으려면 벗은 즉시 손빨래를 해야 한다. 남편이 샤워를 하는 사이 나는 식탁 위에 고기 판을 준비했다. 떨어지는 체력이 걱정이 되었는지 남편은 마늘이 면역력에 효과가 좋다며 끼니때마다 마늘을 구워달라고 했다. 마늘이 전염병에 좋다는 민간요법이 효능이 있는지는 알 수 없으나 마늘을 구우니 삼겹살도 같이 굽게 됐다. 남편은 상추 위에 밥과 삼겹살을 얹은 후에 마늘을 조심스레 그 위에 얹으며 정력제라고 마늘예찬론을 늘어놓았다. 입을 커다렇게 벌리며 한입 가득 우걱우걱 씹는 남편의 양 볼을 보니 마늘이 좋다는 건 삼겹살을 먹기 위한 핑계인 듯싶다.

마늘을 먹어서 바이러스를 막을 수 있다면 얼마나 좋겠는가. 마늘 내를 풍기며 숨 쉬는 남편의 호흡에 나는 코를 감쌌다. 현재는 백신도 치료제도 없으니 온갖 낭설을 받아들일 수밖에는 없다. 양치질도 치약 대신 소금물로 대체됐다. 냄새나고 국물이 흐른다고 싫어하던 남편의 도시락 안에 김치를 꼬박 챙겨 넣었다. 나는 양배추를 발효시켜 각종 요리에 사용한다는 다큐멘터리를 보자고 했다. 처음엔 남편도 반색하며 관심을 보이더니 다큐멘터리는 시작도 하지 않았는데 바닥에 등을 댄 호흡이 끊어질 듯 코를 곯아대며 잠에 떨어졌다. 날이 선선해지는 가을이 되면 보약이라도 지어야 할 듯하다. 피곤에 지쳐 잠에 빠진 남편의 모습을 다행이라 여기면서도 헤르페스 보균자가 돼버린 나의 일탈이 가슴에서 메어졌다. 바이러스가 인체에 들어오면 사라지지도 않고 복제가 된다는데 더 절망이다. 기억도 시간이 지나면 퇴색되기 마련인데 이 미생물은 내가 죽는 순간까지 나와 함께 해야 한다. 내가 죽어야 내 몸을 떠날 생명체는 감당이 되질 않는다. 평생 죄책감에서 헤어날 수 없는 생각이 어둠과 함께 뒤엉켜 졸음 품은 눈꺼풀을 끌어내렸다. 꿈속이라 해도 마음은 편하지 않았다. 수면은 안식이 아니라 잠시 닫힌 지옥이었다. 욕망이 없었더라면 열리지 않았을 지옥문이라 생각하니 더 암담했다.

내가 촬영을 한다고 LA에 머무르고 있을 때 J가 휴가 차 LA를 방문했다. 가족을 만나기 위해 연말 휴가를 냈단다. 사회적 격리로 인해 나도 손을 놓고 귀국을 고민하던 차라 그의 휴가가 몹시 반가웠다. 그가 머무는 일주일 동안 우리는 거의 매일 저녁 만났다. 일주일은 그리 길지 않았다. 휴가가 끝난 J는 한국으로 돌아갔고 나도 한국으로 떠날 차비를 하던 중이었다. 그런데 피부에 이상증상이 느껴졌다. 눈, 코, 입만 멀쩡하면 다 괜찮은 줄 알았던 몸에 이상한 변화가 감지됐다. 점점 통증의 정도가 심해졌다. 동통의 증상은 한 가지를 동반하지 않았다. 물이 닿으면 자지러질 듯 쓰라렸고 가만있으면 몹시 가려워 박박 긁고 싶었다. 처음엔 이게 뭐지? 대수롭지 않게 여러 날을 지나다 수포가 금방이라도 터질 것같이 부풀어 오르자 하는 수 없이 병원을 찾아갔다.

의사는 대뜸.

"직업이 뭔가요?"

"다큐멘터리 영상 작가인데요."

"헤르페스라고 들어봤어요? 한눈에 봐도 헤르페스에 감염된 것 같아요. 남편은 증상이 없으신가요?"

"남편이요?"

난 머리끝에서 발바닥까지 얼음으로 냉각되는 느낌을 받았다. 남편은 이곳 LA에 없다.

"수포가 가라앉기 전까지는 남편과 잠자리를 하면 안 됩니다. 이 약을 5일 동안 아침저녁으로 드세요."

"…."

"그리고 남편도 함께 바이러스 검사를 받으셔야 합니다."

그녀가 어떤 의미로 내 직업을 물었던 건지 검사결과를 듣고 나서야 얼굴이 달아올랐다. 감염은 둘 중의 하나다. 한 사람이 감염자이고 다른 한 사람은 피 감염자다. 바이러스는 누군가로부터 옮지 않으면 자연발생적으로 인체 내에서 생성되지 않는다. 의사가 내게 직업을 물었던 것도, 감염의 대상이 남편이라고 단정 짓는 것도. 두 사람의 잠자리가 아니면 헤르페스는 감염될 수가 없기 때문이다.

의사가 내게 처방해준 약은 아사이클로버였다.

숙소로 돌아온 나는 인터넷으로 검색하기 시작했다. 황당했다. 헤르페스 1형과 2형이 있다는 사실도, 한 번 감염되면 바이러스를 몸속에서 제거할 수 없다는 것도 처음 알았다. 죽을 때까지 내 몸속에서 사라지지 않는다는 인터넷 검색정보에 나는 경악했고 절망적이었다. 바이러스 감염경로로, 오로지 딱 한 사람 떠올랐다. 의심할 여지 없이 바이러스의 근원지는 J였다.

일주일의 휴가를 마치고 한국으로 돌아간 J에게 문자를 보냈다. J는 자신은 얼마 전 종합검진 받았는데 모든 게 정상이라며 되려 내 문자가 무례하다고 나를 나무랐다.

─최소한의 예의가 있는 사람이라면 나더러 검진을 받아보라고 말해야 되는 거 아냐? 그 정도밖에 안 되는 사람이었나? 어떻게 나 때문에 생긴 거라고 단정 지을 수가 있지?

기가 찼다. 이거였나? 일탈의 결말은 지저분하고 추잡했다. 뻔뻔한 건 기본이고 상대방에게 책임 떠넘기기는 필수였다. 불륜의 마지막은 상대방의 민낯을 체득하고 나서야 끝이 난다. 민낯을 보고도 미련을 버리지 못한다면 지금처럼, 흉측하게 마음의 흉터를 갖게 된다. 불경스런 내가 된 그날, 나는 좀처럼 잠을 자지 못했다. 협상의 기술이 없던 나는 섣불리 J에게 따졌다가 헤픈 여자 취급만 받았다. 그 스트레스 때문인지 5일 동안 약을 먹어도 물집은 가라앉기는커녕 더 번져만 갔다. 내가 촬영한다고 LA에 머무는 동안 방위산업을 추진 한답시고 '한민족역사연구소' 소장이라는 직함은 치워버리고 '새론전략연구소'라는 공공기관의 직함을 앞세웠다. 그리고 각국의 무기상들을 만나며 협상하느라 소진해버린 에너지를 채우기 위해 자동차에 기름을 넣듯 여자를 품었을 J였다. 자기는 바이러스 제공자가 아니라며 오히려 나에게 다른 남자에게서 옮은 거 아니냐며 뒤집어씌울 줄은 몰랐다. 나를 얕잡아보고 책임을 질 필요가 없다는 걸 너무도 잘 아는 J였다. 오리발을 내미는 J의 태도가 분했어도 그걸 맞대응할 카드는 없었다. 대응을 한다면 뭘 어쩌겠는가. 피해보상? 정신적 피해? 그걸 증명하려면 어떤 법적 절차로 피해보상을 청구해야 하는지 내 소양으로는 능력 밖이다. 희열이었다가 지금 절망의 바닥을 훑고 있는 나로서는 앙갚음이라는 복수의 감정을 떠올리는 것만으로도 고통이었다.

난 LA에서의 모든 일정을 접었다. 한국으로 돌아와 2주 격리를 마치고 시간이 꽤 지났는데도 J에게서는 어떤 연락이 없었다. 나는 쓰다 버린 소모품이 되었다. 게다가 헤르페스 운운했으니 피하면 피했지 더 이상 나를 찾지 않을 것이다. 불법과 꼼수가 판을 치는 세상에 나 같은 서민은 촛불을 들고 있어 봐야 마피아 같은 거대조직을 이겨낼 수가 없다. 그럴듯한 포장을 갖추게 되면 불법마저 정의가 되고 마는 세상이니 하소연 할 데라곤 마음속 뿐이었다.

J와의 만남은 우발적인 감정사고였다. 교통사고는 도로에서만 일어나는 게 아니다. 자동차가 아닌 사람을 만나도 철통같았던 도덕이라는 마지노 라인은 속절없이 무너지고 만다. 묘한 기분, 오랜만에 느껴보았던 설렘, 무쇠 같았던 심장에 쾌락의 핏줄기가 몰려들면 그 전율에서 벗어나기란 쉽지 않다. 감정의 수습은 자동차처럼 정비소에 맡길 수 없다. 나는 감정배설을 제대로 처리할 줄 몰랐다. 내 마음에 불현 듯 찾아온 감정을 처리하는 법을 배워야 했다. 동정과 사랑은 같은 게 아니라고. 물이 섞이듯 경계가

없이 넘나드는 쾌감의 위험을 구분하지 못한 대가는 너무 컸다.

　J가 조직한 재단 홈페이지가 새 단장을 했다. 참신했다. 전략에 필요한 투자다. 앞으로의 여생을 명예롭게 보내고 싶어 하는 퇴직자들을 본격적으로 불러 모을 계산을 세운 듯하다. 고상한 말년을 살고 싶은 부류를 끌어모으려면 잘 꾸며진 홈페이지가 필요하긴 하다. 이전 홈페이지는 뭔가 조잡해 보였는데 예산을 더 쓴 모양이다. 돈 있는 사람들을 끌어들이기 위해서는 그 눈높이에 맞춰야 했을 테니까. 퇴직은 했어도 그럴듯한 자리에서 뭔가 자신의 품위를 지탱해줄 사회적인 직책이 필요한 사람들은 의외로 많았다. 뜻깊은 일을 하고 싶어 하는 그 내면에는 인정받고 싶은 욕망이 깔려있다는 심리를 능숙하게 다루는 J다.

　─돈은 가장 나중에 나오는 거거든. 돈 얘기는 제일 먼저 꺼내서는 안 돼. 오히려 내가 돈 얘기를 하지 않으니까 더 조바심을 내더라고.

　J는 자기가 먼저 후원금을 달라는 얘기를 꺼내지 않는다. 절대로. 사회적으로 성공한 사람들은 대부분 돈 때문에 사람들에게 시달려왔기 때문에 처음부터 후원금을 얘기하면 그걸로 관계가 끝이 난다고 자랑스럽게 말했다. 어떤 행동을 하면 사람들이 감

동을 할 거라는 걸, 어떤 대안을 내밀면 사람들이 자신의 재산을 조건 없이 헌납할 거라는 심리를 잘 아는 J가 소외된 계층을 위한 다는 명목은 더할 나위 없는 좋은 구실이고 떡밥이다. 게다가 마치 투명하게 운영되는 것처럼 예산 내역까지 올리면 긴가민가했던 사람들이 덥석 J의 후원자가 되어버린다.

─후원금을 준다고 하면 오히려 나는 돈은 필요 없다고 거절하지. 그러면 상대방이 엄청 당황해 한다고. 자기는 돈밖에 가진 게 없는데 그 돈을 마다하니 자존심이 엄청 상할 게 아냐? 그때 그 심리를 이용하는 거지.

호객행위를 위한 재단 홈페이지가 아무리 쌈박하게 꾸몄어도 그건 껍데기다. 그런 곳을 기웃거리며 관심을 갖는 무리들도 실은 J와 같은 부류다. 다만 차이가 있다면 그들은 자신의 인정욕구를 감추고 J는 그들의 인정욕구를 이용했다. 고도의 심리전을 사용하는 J에게 설득당하는 건 당연하다. 나도 그랬으니까. 돈 달라고 온 줄 알고 방어부터 하던 사람들은 J의 매달리지 않는 태도에 의아해하면서 적극적으로 마음을 열기 시작한다. 그러면 그때부터 J는 서서히 프로젝트를 꺼내 든다. 물론 표면적으로는 그럴듯한 명분을 내세운다. 민족을 들먹이며 나눔을 미학적으로 설파한다. 자신의 이익은 뒤로 숨긴 채 사람들에게 접근하는 것이다. 너무도 그럴듯해서 측은지심이라고는 눈곱만큼도 없는 J가 타인의 동정심을 이용할 거라고는 아무도 눈치챌 수 없는 일이다. 백수가 기관의 장이 되는 발판은 결코 불가능한 일은 아니었다. 집요한 시간이 필요할 뿐이다.

내가 이따금 재단 웹사이트에 접속하는 건 J를 못 잊어서가 아니다. 애정에 대한 관심이 아니라 그의 결말에 대한 좌시였다. 내가 공들였던 열정의 몰락을 확인하고 싶었다. 애국지사들의 동상을 세우고 민족회관을 만든다고 정부에 예산을 올리는 J의 전략이 허구였음이 머잖아 세상 밖으로 드러나리라. 그제야 J의 제안에 솔깃해서 인감도장을 파고 통장을 개설하는 물밑작업에 동참했던 회원들이 그동안 사기꾼에게 놀아났다는 것을 깨닫게 되겠지. 순수하게 남을 돕겠다고 나서는 일도 시간이 지나면 비리로 변질되기 마련이다. 출발부터 불순했던 J의 영광이 얼마나 유지하게 될지, 내 열정을 밟고 선 J가 어느 선까지 자신의 영달을 얻어 낼 수 있을지 눈으로 추적하고 싶었다. 그런데 나의 바람과 달리 홈페이지는 멀쩡하게 건재했다.

나는 사무실에서 영상편집 작업에 몰두했다. 언제 철수할지 모르는 이 자그마한 공간이 나에게 더할 수 없는 마음의 평화를 주었다. 문득 J에 대한 분노가 피부에 느껴지는 전조증상처럼 올라왔어도 마우스를 움직이는 손끝으로 물리쳤다.

—언니, 그냥 생각을 하지 마. 뇌를 속여. 자꾸 헬페를 떠올리면 재발을 하더라고. 공연이 있어서 여러 날을 몸을 혹사했는데 그때 육체적으로는 엄청 힘들었거든. 근데 한 번도 물집이 안 올라온 거야. 오히려 내게 바이러스를 옮겨준 그놈을 떠올려서 잠을 설치는 날에는 어김없이 피부가 부풀어 오더라고.

　그녀 나름대로 터득한 노하우는 일리가 있었다. 죽을 것 같아도 살기 마련이라는 그녀의 충고가 평범해 보여도 진리였다. 그녀 말대로 현지에서 촬영했던 영상들을 편집하는데 몰입했던 탓인지 내 몸 안에 사는 미생물들의 활동을 거의 느끼지 못했다. 용케도 내가 J를 떠올리거나 녀석들의 존재를 의식하면 엉덩이 부근 어딘가 따끔거리고 가려움이 느껴졌다. 그럴 때면 비타민 C를 입안에 털어 넣었다. 작업에 집중하니 오만가지 잡생각이 사라졌다. 내가 오기와 객기로 LA 현지답사를 다녀왔지만 그 다큐멘터리를 완성하는 길만이 J에게 하는 최고의 복수라고 판단했다.
　할 일이 있다는 건 다행이었다. 몰두하는 시간 동안 용서할 수 없는 나를 잠시나마 잊을 수 있었다. 열불이 치밀어 오르는 감정을 잠재우니 상흔의 빛깔도 흐려지는 착각마저 불러왔다. 그렇다고 끓어오르는 분노를 소각해버린 건 아니다. 용서가 불가능한 마음의 상처는 내 무의식 어딘가 숨어있다가 불쑥 올라오는 물집처럼 튀어나올 것이다. 나를 인간폐품으로 만들어버린 쓰레기 같은 감정을 잠시 잊기로 했다. 감춰놓은 비밀은 뒷전으로 밀어놓고 영상편집에 온 기운을 다 쏟아부었다.

　LA에서 찍었던 촬영 분량은 얼마 되진 않아서 나머지 모자라는 영상들은 발로 뛰며 희귀영상들을 찾아다녔다. 그래도 몸이 가벼웠다. 영상편집에 열중하니 신기하게도 내 몸에 날개를 단 듯 가뿐했다. 영상의 줄거리는 꽤나 감동적으로 이어졌다. 혼자 신이 나서 울다가 웃으며 뿌듯해했다. 작업을 하면서 내가 눈물을 찔끔거려야 했을 정도였다. 순박한 민초들의 죽음에 연민이 느껴져서다. 화도 났다. 우리가 떠받들며 추앙했던 독립운동가의 모습이 전부가 아니라는 사실 말이다. 묻혀있는 애국지사가 많다는데 속이 상했다. 사실 한 사람 지도자의 영광은 무명의 누군가의 뒷받침 덕이다. 독립운동이 뭔지, 주권회복이란 게 뭔지도 모르고 꼬깃꼬깃 꿍쳐놓았던 쌈짓돈을 꺼내고 심지어 자신의 목숨까지 바쳤던 무명의 애국지사들이 수두룩하다는 역사적 근거를 하나둘 파헤쳤다. 독립운동은 잔꾀를 부릴 줄 모르는 이름 없는 민초들의 일념이 뭉쳐진 거사였다. 자신이 했던 일이 역사에 남을 만한 일이었는지도 모르고 살았던 무명의 인물을 부각시키며 독립운동가와 그의 후손까지 정성스럽게 영상에 담았다. 그들의 어리숙함이 이제라도 제대로 평가받을 수 있도록 제대로 만들어보자며 나는 눈에 핏줄이 터진 줄도 모르고 몰입했다.

작업에 너무 몰두했나? 육체의 한계를 넘어서 무리를 한 탓인가. 어딘가 스물스물 피부감각에 세포들의 활동이 느껴졌다. 서랍을 열고 1000mg 비타민C를 입안에 털어 넣었다. 한 개로는 부족할 것 같아 비타민 가루 한 포를 더 먹었다. 스트레스를 받으면 헤르페스는 바로 활동을 시작한다. 영상을 편집하다가 나도 모르게 감정이입이 됐다. 독립운동을 한다는 핑계를 감추고 자신의 영달을 이루기 위해 선량한 이들의 공을 가로챈 몰염치한 매국노의 이름을 훑었다. 자신의 이익을 위해서는 민족이나 동족도 한낱 오물로 여겼던 조선인의 명단을 추리다 보니 한 사람이 떠올랐다.

정구경, 독일군 병정. 딱 그 이미지였다. 근엄하고 경직된 J의 표정을 본 사람은 얼마 없을 것이다. 편도체가 딱딱하게 굳은 J의 실체는 좀처럼 밖으로 드러나지 않았다. J가 태생적으로 그런 성향을 타고 났는지는 모르겠다. 어쨌거나 J의 냉혈적인 모습은 아주 가까이에 있는 사람 아니고선 좀처럼 발견할 수가 없었다. 같이 지내보지 않고는 알 수 없는 J는 캄캄한 영화관에서 자신의 본모습을 드러냈다.

남녀가 만나서 시간 때우는 데는 영화관만 한 장소도 없다. 난 미스테리 영화를 좋아한다. 영화 끝날 때까지 긴장감을 주는 공포영화를 봐야 영화를 본 것 같았다. 한여름의 더위를 시원하게 날려버린다는 호러 영화를 보자고 했더니 J는 거의 발작할 정도로 질색을 했다. 군대도 다녀왔다는 그의 반응은 뜻밖이긴 했다.

남자가 무슨? 겁쟁이처럼 시시하게. 뭘, 그런 걸 갖고 저렇듯 민감한 반응을 보이나 싶었다. 그동안 보였던 모든 행동이 작위적이고 기획에 의한 거짓 행동임을 알 도리가 없었다. 공포영화를 싫어했던 건 순수해서가 아니라 본인의 잔인함이 드러날까 연막을 치는 걸 나는 꿈에도 짐작할 수 없었다. 결국 내가 별로 재미없어하는 로맨틱 영화 티켓 2장을 뽑았다. 방학 중인 자녀와 함께 즐길 수 있는 내용이어서 영화는 따뜻하고 훈훈하게 흘러갔다. 군데군데 코믹한 대화에 나는 호탕하게 웃었다. 그런데 로맨틱 영화를 보는 동안 J의 표정은 마치 독일군 병사처럼 무표정했다. 관객들 모두 웃고 있어도 J만 웃지 않았다. 코미디를 보고도 웃지 않는 J의 모습에 처음엔 단순하게 이게 뭐지? 의아했다. 그때 나는 J가 전두엽이 망가진 감정을 잃은 사람이라고 판단했어야 한다. 불현듯 나한테 화를 내다가도 아주 부드러운 목소리로 돌변해서 여직원과 통화를 하는 그 행동이 자연스러움이 아니고 노력으로 기획된 행동이라는 걸. 나만 눈치채지 못하는 게 아니다. 다른 사람들도 애초부터 J에게는 양심이라는 게 없다는 걸 알아차리지 못했다. 그가 겁쟁이가 아니고 원래 심장이 얼음덩어리라는 걸 그 누구도 알 수 없었다. 감정도 자신의 이익에 따라 조절할 수 있다는 걸 J를 만나기 전까지는 알지 못했다. 타인에 대한 공감도 의도적으로 계산되고 조정될 수 있다니, 누구를 속인다는 점에서 나나 J나 다를 바가 없긴 하다.

허탈하게도 그런 인간 곁에서 미적거렸던 내 꼴이 더 한심했다. 아사이클로버가 나와의 인연이라던 설빈은 어떻게 살고 있는지, 가끔 강남 거리를 걸어가면 '언니'하고 나타나서 내 등을 치며 아는 척을 할 것 같았다. 자가격리 중에 발병한 피부동통으로 쩔쩔 맬 때 신기루처럼 나타났던 그녀에게 J와 있었던 모든 걸 털어놓고 싶었다. 아사이클로버를 공유한 사이였으니 무엇을 더 숨기랴. 음독으로 내상을 입고 있는 나는 지금이라도 자신의 증세와 대처법까지 알려줬던 그녀의 솔직함에 기대고 싶었다. 하지만 어느 누구에게도 J와 함께했던 잠자리를 털어놓을 수는 없었다.

가난한 자의 도시

우월감이 봄날의 벚꽃처럼 흩날리는 강남에 코로나바이러스 확진자가 지나갔다. 의도적인 개발로 오늘날의 물질의 풍요와 문명에 앞장섰던 강남은 신분상승의 마침표다. 강남으로 진출한다는 건 성공의 아이콘으로 통했다. 기업보다 먼저 강남에 자리를 잡아서인가 종업원만 100여 명이나 되는 유흥업소가 있다는 보도가 놀랍지 않다. 세상에는 내가 죽을 때까지 접해보지 못할 곳이 허다하다. 100여 명의 직원들이 서빙 할 정도로 큰 업소라면 과연 하루에 얼마나 많은 손님들이 오고 가는 것일까. 환락이 흥청거리는 음지에 감염경로를 알 수 없는 바이러스 확진자가 발생했단다.

코로나바이러스는 폐를 공격해서 호흡곤란이 생겨 감출 수가 없다. 하지만 체내에 들어온 바이러스가 번식하며 복제를 서두르는 동안에는 아무도 감염 사실을 알지 못한다. 자각증세가 14일이나 지나야 한다는데, 격리는 급속도로 바이러스가 퍼지는 걸 막기 위해서는 당연한 조치다. 그런데도 격리에 대한 발표는 없었다.

불안했다. 누가 그 확진자와 접촉했는지는 동선조차 공개되지 않았기 때문이다. 후속 조치가 내려지기까지 퍼져나간 바이러스 방울은 공기를 타고 안착할 점막을 물색 중이리라. 이름을 감추고 싶은 건지, 아니면 뭔가 켕기는 게 있는 건지 행정명령은 투명하지 않았다. 카드 결제 내역서만 확인해도 역추적을 할 수 있는데 방역의 의지가 보이지 않는다.

확진자가 생겼으나 동선을 밝힐 수 없는 난처한 도시, 뉴스 보도에는 업소 이름이 이니셜로 처리됐어도 나는 그 장소가 어디 부근인지 단박에 알아차렸다. 일전에 결혼식 촬영을 갔던 그 호텔 부근이었다. 아니면 그 호텔 지하였거나.

술집이라는 직접적인 표현 대신에 유흥업소라고만 소개된 뉴스가 보도된 그 이후 새로운 지침은 내려지지 않았다. 여러 날이 지나서야 확진자가 발생했다던 유흥업소에 영업정지 명령이 내려졌다. '깜깜이 동선'에 대한 여론의 불만을 그제야 접수한 모양이다.

강남 유흥업소에 영업정지 명령이 내려지던 날, 나는 아사이클로버 처방전을 얻기 위해 강남전철역으로 향했다. 사회적 거리 두기에도 강남역은 여전히 뜨내기 사람들로 북적였다. 강남의 매뉴얼은 돈이다. 비가 오면 건물이 물속에 잠기고 사람이 살 수 없던 낮은 지대에 개발이라는 바람을 타고 사람들이 강남으로 몰려들기 시작했다. 습하고 어두운 곳을 좋아하는 돈벌레처럼 굶주린 영혼들이 모여드는 도시, 자신의 영혼이 털리는지도 모르고 밤새 술에 취해 소리를 지르는 광란의 뒷골목은 실은 가난한 자들의 놀이터였다.

마치 겉으로는 풍요로움이 넘쳐나는 것처럼 보였어도 실상은 결핍이 넘쳐났다. 결핍은 채워야 사라지는 게 아니다. 만족을 모르면 마음은 늘 가난한 법이다. 부풀려진 외모가 그 증거고 흥청거리는 간판 불빛이 그 자취였다. 그런데,

낮의 진실이 밤엔 굴절되고 어둠이 내리면 온갖 불량한 것들이 진실처럼 왜곡되어 버리는 자극적인 도시에 나도 서있었다. 그 후유증은 비극이었다. 나는 숨을 쉴 때마다 점점이 늘어나는 세포들로 우울했다.

가까운 동네 병원을 이용해도 되지만 동네에서는 행여나 아는 이웃들이 신경쓰였다. 조잡한 병을 얻게 되니 마음도 조악해지는 모양이다.

"재발이 잦네요. 뭐, 스트레스받는 일이 많으신가요?"

"딱히 그런 건 아닌데…."

"몸은 거짓말을 하지 않아요."

"자주 나오기 어려우니 처방전을 5일치 말고 더 써주실 수 없

나요?"

"보험 혜택을 못 받으니 자비로 약을 사서야 해요."

"괜찮으니 처방전을 더 써주세요. 그런데 이 바이러스 치료제
는 언제쯤 개발되나요?"

"그러게요. 세상에 존재하는 생물 속에는 수많은 종들의 바이
러스가 살고 있어요. 인류가 아직까지 정복하지 못한 분야가 많
이 있는데 그중에 하나가 헤르페스바이러스예요. 하지만 단백
질 캡슐을 뒤집어쓰고 생명체에 들어가 자신을 보존하는 바이러
스가 몸 안에 있다고 해도 겁먹을 것이 없습니다. 인간은 지금까
지 유전적 결함이 있음에도 불구하고 진화를 거듭해왔거든요."

"진화요?"

"사람들은 동물세계에서 왜 수컷이 암컷보다 노래를 잘하고
외모가 화려한지 잘 알지 못해요. 그 이유는 암컷에게 구애하기
위함도 있지만 실상은 수컷의 혈액 속에는 기생충이 암컷보다 많
이 있어요. 기생충에 관한 논문에 의하면 수컷의 몸에 기생충이
많이 있지만 노래도 잘 부르고 깃털도 멋진 유전자를 갖고 있으
니 나와 교미를 하자는 수컷의 생존 전술이라네요."

"그러니까 수컷의 위장술에 암컷이 속는 거네요?"

"종족을 퍼트리기 위해 수단과 방법을 가리지 않는 건 동물세
계나 인간세계나 별반 다를 게 없는 것 같죠?"

이론적으로 밝혀졌다는 생태계의 실상이 사기를 치는 수컷과

속없는 암놈에 의해 유지된 거라니, 인간이 하등동물과 별반 다를 게 없었다.

처방전을 들고 약국에 들렀다. 손에 들린 아사이클로버의 무게가 가볍지 않다. 난, 일을 해주고도 한 푼의 돈도 받지 못하는 착취를 당했으며 육체에 상해까지 입게 된 피해자였다. 면역력이 떨어지면 가렵고 신경통까지 동반하는 질병을 얻고도 피해 보상은커녕 내 몸의 균형을 잃게 만든 가해자에게 책임을 묻지도 못했다. 이건 자연의 섭리가 아니었다. 더불어 살아가는 건 틀린 것이고 격리만이 인간 종을 보존하는 유일한 해법이었다. 감춘다고 될 일이 아닌 것이다.

–나만 감추고 덮어버리면 그만이지.

행여 주변 사람들에게 알려질까 숨죽이며 소리를 낮춰야 하는 나는 나에게 말했다. 평생토록 죗값이라고 받아들이면 그럭저럭 살아갈 수 있을 것 같았다. 가끔 자책하며 괴로워하겠지만 아무도 눈치채지 못하게 눈 한 번 질끈 감으면 되지 않나?

처방받은 항바이러스제를 가방에 넣으며 몇 발자국 걷다가 강남역 10번 출구 앞에서 멈췄다. 유리판에 뒤덮인 포스트잇이 사람의 키 높이보다 더 높아졌다. 한참 동안 서서 물끄러미 사람들의 오고 가는 모습을 지켜보았다. 지하도 입구를 오며 가며 여자들이 자신의 외침을 글로 붙였다. 젊디젊은 여자에서부터 군내 나는 나이가 지긋해 보이는 내 또래의 여자들까지 눈으로 읽거나 손으로 직접 써서 동참하는 그들의 몸짓에 부러움을 느꼈다. 나는 저들보다 더 적극적으로 나서서 소리를 지르고 울부짖고 해야 하는데 시한부 선고를 받은 것도 아니니 그나마 다행이라며 나는 내게 타일렀다.

　─J의 감정수발을 당연하게 여겼던 나는 도덕적으로 비난받아 마땅한 건 알겠는데, 그래서 이렇게 정신적인 수탈을 당해도 잠자코 있어야 하는 건가?

　그날은, 비가 내리지 않았음에도 내 마음은 비를 맞은 듯 추지고 눅눅했다. 사랑이 애증으로 바뀌었기 때문이다.
　밤늦은 시각, 나는 강남역 근처에서 덜덜 떨고 있었다. 서운함을 넘어 배신감에 어쩔 줄 모르다가 간신히 마음을 추슬렀다. 욕망을 탐닉하는 자에겐 위험한 거리, 온갖 바이러스가 창궐해도 착취인지 사랑인지 분간할 수조차 없는 비정의 거리, 북적북적 사람들이 모여드는 강남의 밤거리에 나는 미욱하게 서있었다. 어금니를 깨물며 처음으로 불투명한 렌즈를 눈에서 떼어내듯 사랑이라는 감정을 심장에서 떼어내야 했다.
　전철이 끊길 시간을 의식하지 못한 채 나는 친구들과 한참을 수다를 떨었다. 다들 차가 있는 친구들이었으니 나처럼 막차에 가슴을 조일 필요가 없었다. 나 또한 믿는 구석이 있었다. 교통편이 끊기면 J가 머물고 있는 숙소로 갈 요량이어서 마음 놓고 수다를 즐겼다. 내 집은 아니었지만 필요하면 나는 J가 한국에 머무는 동안 자유롭게 그 호텔을 들락거렸었다.

"지금, 친구들과 함께 강남에 있는데 잠시 후에 가려고요."

카페 안은 소음으로 시끄러웠다. 통보하듯 전화를 끊고 차를 타고 떠나는 친구들을 배웅했다. 호텔 쪽으로 걸어가고 있는데 J로부터 다시 전화가 걸려왔다. 호텔로 올 때 아이스크림이라도 사갖고 들어오라는 줄 알고 반갑게 그의 전화를 받겼다. 그런데 그 예상은 빗나갔고 내 마음은 작은 알갱이로 아스러졌다.

―밤에 회의가 있으니 오늘은 호텔로 오지 마.

이 밤에?

회의를?

뜨거운 혈류가 얼굴 위로 화끈거리며 몰렸다. 거짓말을 한다고 생각했다. 단박에 호텔 방으로 처들어가서 정말 그런지 내 눈으로 확인하고 싶었다. 하지만 확인은 하지 않았다. 그게 무슨 의미가 있겠나 싶었다.

하나둘 가게 셔터문이 내려지고 간판 불빛이 꺼지자 화려했던 거리는 흉악스런 검은 빛으로 채워졌다. 술에 취해 비틀거리는 사내들이 가까이 다가오기만 해도 다리에 힘이 빠졌다. 두려움은 그 어둠이 아니었다. 머릿속으로는 도망쳐야 한다면서도 발걸음을 떼지 못하는 의식 사이로 얼마 전 화장실에서 일면식도 없는 남자에게 여자가 살해당했던 살인사건이 떠올랐다. 인적이 끊긴 유흥의 거리에서 기댈 것은 아무것도 없었다. 택시마저도 잡히지 않았다. 흉흉한 마음을 부여잡고 허둥거리다 간신히 막차였던 버스를 탈 수가 있었다.

버스는 굴삭기로 어둠을 파듯이 달려갔다. 검은 터널 속으로 빨려 들어가는 건 버스만이 아니었다. 엉클어진 머릿속으로 많은 생각들이 오고 갔다. 한밤중에 회의가 있다는 말이 거짓말이라는 몹쓸 생각은 어둑한 골목길보다 더 무섭고 쓸쓸했다. 언젠가 나는 내처지겠구나.

지금도 그날 밤을 떠올리면 가슴이 먹먹해진다. 화풀이할 대상도 없이 화가 났다. 그냥, 내가 불쌍하다는 생각을 했다. 난, J에게 무엇이었을까. '애초부터 뭘 바랐던 게 아니지 않은가' 서운함을 덮어버리려는 변명도 한없이 가여웠다. 사랑이 아니라 부초에 지나지 않은 감정이며 사건이고 실수였다고 가슴을 쓰다듬어도 눈물방울이 편도체에 고여들었다. 그런데도 미련은 쉽게 나를 놓아주지 않았다. 정작 그에게서 내가 돌아서게 되었던 것은 그날의 어둠이 직접적인 원인제공은 아니었다.

　밀행자들이 드나드는 강남의 중심에 J는 기거했다. 길바닥에 널려있던 명함 크기의 성매매광고지가 그의 서랍 안에도 들어있었다. 깨끗하지 못할 것이라는 의심은 갔지만 대놓고 따질 수는 없었다. 미처 치우지 못한 호텔 세면대에 여자용 칫솔이 놓여있어도, 서랍 안에 가지런히 정리된 속옷이 남자의 손길이 아니라는 것을 보고도 나는 모른 척했다. 수분이 다 빠진 꽃다발이 옷장 안에 보관되어 있을 땐 화가 치밀어서 얼굴이 붉어지기도 했다. 그 꽃다발은 누가 준 것일까? 누가 줬기에 말라비틀어져 슬쩍 스치기만 해도 바스러지는 쓰레기를 버리지 못하고 간직하고 있는 것일까. 나와 같은 역할을 해주는 제2, 제3 여자들의 등장을 외면하는 건 또 다른 고통이었다. 누군가 이 방에서 머물렀어도 그녀들도 나처럼 소모품이라고 여겼다. 그 위로는 효과가 있는지 거슬리던 불쾌감이 이내 가라앉았다. 그때 과감히 J의 곁에서 떠나야 했다. 그러나 지위가 높아진 J에게 내 역할은 끝났다는 걸 인정하는 건 어려웠다. 어떻게 해서든지 보란 듯이 내 실력을 과시하고 싶었다. 미련을 버리는 건 쉽지 않았다. 내가 공들인 시간과 물질, 감정을 포기할 수가 없었다.

　그랬던 내 오기에 불을 지핀 것은 공모전이었다. 국가 기관에서 주최하는 공모전 포스터를 보게 됐다. 상금이 꽤 컸다. 돈이 필요했고 도전할 마음이 생겼다. 그런데 응모 자격조건을 보니 영상을 출품하려면 추천서가 필요했다. 동네 반장 추천서로는 어림없을 것 같았다. 그렇다고 전혀 일면식이 없는 구청장한테 추천서를 써달라고 떼를 쓸 수도 없지 않은가. 몇 번씩 생각을 접고 펼쳐도 추천서를 부탁할 만한 사람이 딱 한 사람 떠올랐다. J였다. 지금 있는 직위라면 추천서를 써줄 자격이 충분했다. 그리고 그동안 J를 위해 쏟은 성의가 어디 돈으로 따질 분량인가. 자신만만했고 내 부탁은 흔쾌히 들어줄 줄 알았다. 그런데.

"아, 이미 한 사람 추천해줬는데….."

한사람밖에 해줄 수 없다는 거절에 귓불이 달아올랐다. 창피했을 뿐만 아니라 수욕을 당한 것 같았다. 한 달 후 신문에 난 기사로 나는 J가 누구를? 왜? 추천했는지 알게 되었다. 자신이 갖고 있는 지위를 이용해서 지명 카드를 썼다면 대가를 지불할 만한 도움을 받았던 건 확실하다. 그 인물에 대한 이름을 대통령 해외 순방 때 자신을 추천해줬다는 동남아 상공회의소 회장이라는 걸 얼핏 들은 적이 있었다. 그때까지만 해도 몹시 서운은 했지만 그래도 떠날 마음의 준비는 되어있질 않았다.

나는 맞불을 놨다. 추천서를 거절한 J에게 과시하듯 느닷없이 LA로 현지촬영을 떠나겠다고 선언하고 가방을 꾸렸다. 무리수였지만 그렇게라도 하지 않으면 내 삶을 연명할 수 없을 것만 같았다. 극도로 우울했다. 그대로 폭삭 꺼질 것만 같았다. 멘탈이 무너지기 직전 나는 한국을 떠났다. 주변의 만류에도 굴하지 않았다. 그대로 있다가는 미쳐버릴 것만 같았기 때문이다.

　그런데 세상일이 뜻대로 움직여주지 않았다. 코로나바이러스 전파로 국경이 폐쇄되고 속수무책으로 사람이 죽어가는 뉴스에 어리둥절했다. 미국에서 코로나바이러스 사태로 심상치 않게 돌아가는 한국 사회 분위기를 지켜보았다. 설마, 곧 끝나겠지하는 기대감으로 하루, 이틀을 보냈다. 결국 이탈리아에서 노인들이 무더기로 사망하는 기사를 보며 나는 한국으로 돌아올 수밖에 없었다. 아니, 그것보다는 더 결정적인 헤르페스 양성판정을 받고 나서였다.

　'양성'이라는 단어는 단순하게 그저 글자만을 의미하지 않는다. 눈으로 읽은 단어를 뇌가 인식하는 순간, 하늘이 무너져 내리는 절망과 직면하게 된다. 후회한들 위로가 될 수 없고 받아들인다고 치료가 되는 것도 아니다. 내가 헤르페스바이러스 양성자라는 사실을 확인했을 때 받았던 충격은 당장 사망선고를 받은 것처럼 컸다. 암이면 차라리 드러내놓고 치료를 하겠지만 이 감염은 겉으로 드러낼 수가 없다. 나의 부도덕이 단박에 드러날 테니 할 수 있으면 죽을 때까지 감춰야 한다. 가슴에 죄책감을 짜깁기로 덧대고 비밀을 품어야 했다.

　헤어져야 한다고 결심을 하면서도 나의 모든 생각 끝에는 J가 있었다. A를 떠올려도 J, B의 묘안이 생겨도 J, 설사 기막힌 C가 생각나도 J로 연결됐다. J는 곧 내게 분노였다. 엉덩이에 수포가 올라오면 J가 떠오를 뿐만 아니라 절망의 바닥을 손톱으로 긁게 만들었다. 그런데 왜 내가 그를 떠나지도 못하고 뒷북치듯 돌아앉아서 모멸감에 얼굴만 붉히고 있는지를 내게 답을 해야 한다.

포스트잇에 적혀 있는 저 여자들의 용기처럼.

강남 산부인과를 들러 집으로 돌아가는 발길은 바람이 들어 구멍이 숭숭 난 여름철 무처럼 내 머릿속에는 온갖 잡생각이 들어찼다. 어찌나 정신을 놓았던지 집 근처에 배달을 왔다가 걸어가는 나를 큰 소리로 부르는 남편의 목소리도 못 들을 정도였다. 일을 마치고 집에 들어온 남편이 젖은 머리를 수건으로 털며 말했다.

"당신, 아까 무슨 생각을 그리 골똘하게 했어?"

"언제?"

"내가 택배 배달하고 요 앞 제일슈퍼 지나는데 당신이 걸어가더라고. 아무리 불러도 나를 못 보고 그냥 골목길로 가던데?"

"그럼, 소리를 지르지 그랬어?"

"소리를 질렀지. 우영엄마! 하고 말야."

"그래?"

"그것뿐인 줄 알아? 조밀양! 조밀양! 야! 조밀양! 하고 이름까지 불렀다니까."

"그래? 난 정말 몰랐는데?"

"뭘 쓰잘데기 없는 생각에 그렇게 넋이 빠졌는지, 돈을 좀 그렇게 벌어봐라."

우리 부부의 대화는 원, 투, 쓰리 다음엔 꼭 돈으로 연결된다. 돈 애기만 나오면 나는 할 말이 없다. 나는 돈벌이를 하는 게 아니었다. 돈맛을 알았다면 J에게 시간 아까운 줄 모르고 무보수로 열정을 바쳤겠는가.

난 섹스가 몸이 아닌 머리로 하는 거라는 걸 가끔씩 나를 속물로 만드는 남편 때문에 알게 되었다. 남편을 기쁘게 해주는 것이 아내의 역할이어야 한다는 통념이 거짓이라는 것도 신혼 초에 알았다. 그것도 모르고 아내의 역할에 충실하고 싶었던 나는 적극적으로 신혼의 밤을 열었다.

"그 테크닉은 어디서 배웠어?"

남편의 물음은 나로 하여금 절정에 오르지도 못한 채 가슴과 머리를 식게 만들었다. 남자 경험이 많은 걸로 받아들이던 그날 이후 남편과의 잠자리가 고통스러웠다. 어릴 적에 집에 놀러 온 사촌오빠가 자신의 아랫도리에 내 손을 잡아끌었던 기억이 되살아났다. 대기업에 다니던 외삼촌의 은밀한 손장난에 내 손을 사용했던 경험으로 얻어진 기교는 아니었다. 이상한 동작이라고는 어렴풋이 알았지만 거부를 배우지 못한 나는 가족들 누구에게도 발설하지도 못했다. 어른들에게 혼이 날 것만 같았다. 나로 인해 누군가 혼이 나는 것도 싫었다. 내가 가족들에게 은밀했던 비리를 말하지 않을 거라고 여기는 그들과도 데면데면 잘 지냈다. 엄마의 남동생이었으며 이모의 아들이었던 그들의 이야기는 내 해마 속에서 깊은 잠이 들었다. 어른이 되니 나는 측두엽 오른쪽에 잠자고 있는 쓴 기억을 들추지 않아도 되었다. 나는 결혼을 했고 독립을 했다. 하지만 남편의 말 한마디에 성적욕구는 어릴 때 겪었던 수치심까지 불러들여 성적 만족을 거부하는 불감증으로 자리 잡게 만들었다. 남자를 제대로 경험하지 못했던 나는 J와의 관계는 일탈이라고 여겼으면서도 나를 나무토막으로 만든 건 남편 때문이라고 합리화했다. 남편은 성적예의가 없었다. 땀내 나는 상체로 아무 때나 나를 덮쳐도 그러려니 남편을 받아들여야 했다. 나는 준비가 되지 않았는데 억지로 밀어 넣는 통에 아랫도리에 얼얼한 동통이 생겼어도 특별히 남편에게 불만을 말하지 않았다. 부부가 성적으로 만족하지 않아도 남편은 자신의 욕구를 해결하면 됐고 나도 그것을 문제 삼아 갈등을 만들고 싶지 않았다. 신기하게도 나는 뻣뻣한 나무토막 같았는데 아들이 둘이나 태어났다. 자식이 있으면 부부 금슬이 좋은 걸까? 자녀의 유무는 외관상 부부사이가 문제가 없어보이게 하는데 한 몫을 하긴 했다.

나는 J와는 적극적인 체위를 교환했다. J를 만족시키기 위해 원하는 모든 자세를 제공했다. 어디서 배운 기술이냐고 내게 묻지 않았다. 위험스런 장난은 절벽 위에 올라갈수록 더 짜릿한 법이다. 그 쾌감을 맛보고 나면 공원에서의 산책은 밋밋하고 지루해진다. 내려와야 할 때를 어스름하게 느끼면서도 점점 내 몸은 J에게 익숙해져 갔다. 육정이 쌓인다는 건 이생에서 맺은 인연이 끊을 수 없는 단계에 다다르고 있음을 의미했다. 절대로 내가 자신의 영역에서 벗어날 수 없다는 것을 아는 J는 자기가 원할 때마다 나를 불러냈다. 일방적이긴 남편이나 J나 똑같았다.

갑자기 키보드 두드리는 손가락에 힘이 들어갔다. 화가 손끝으로 벌겋게 몰렸다. 젠장.

드디어 영상편집이 끝났다. USB에 영상을 담았다. 그리고 성국이가 일하는 방송국으로 갔다. 점심시간에 맞춰 성국에게 전화를 걸었다. 달랑달랑 목걸이처럼 직원 명찰을 걸고 성국이가 방송국 로비로 나왔다.

우리는 방송국 근처 냉면집으로 갔다. 갈비구이와 물냉면을 주문했다. 성국이를 만나면 즐거웠다. 입담 좋은 성국이와 함께 있으면 한국을 한 바퀴 돌고 전 세계로 다녀올 수가 있다. 게다가 운이 좋으면 J의 소식도 수집할 수 있게 된다.

"이 냉면이 올여름 마지막 맛보는 냉면이다."

성국이 후루룩 소리를 내며 냉면국물을 들이켰다. 성국이 말대로 요샌 아침저녁으로 제법 쌀쌀하다.

"무슨 소리야? 냉면 맛은 겨울이지."

"그런가? 생각해보니 그렇네."

쩝쩝거리며 무김치를 젓가락으로 집으며 생각난 듯 성국이가 말했다.

"아참, 그 정구경이라는 작자 말야?"

"으응?"

"올해가 임기가 마지막이라며?"

"그래?"

"중간에 잘릴 줄 알았는데 잘도 버티고 있네. 운도 억세게 좋아."

"운이 좋긴, 실력이 있는 거겠지."

"실력은 무슨, 내가 듣기로는 그 작자가 올린 기안서가 엉터리라고 몇 번 퇴짜를 맞았다는데…."

"무슨 기안서?"

"그 무슨, 위안부 어쩌고. 지가 무슨 위안부에 대해 얼마나 안다고 할머니들을 들먹이냐고?"

"…."

"인권이네 하고 시민운동 한다는 사람들은 다 요주의 인물로 봐야 해. 지난번에 사람들 유명세만 믿고 다큐멘터리 찍었는데 몇 년 후에 그 인간이 사기꾼이라는 게 들통이 나서 그 프로젝트 제안했던 감독 잘렸잖아!"

"그랬니? 그러니 나쁜 사람인지 좋은 사람인지 겉모습만 보고는 어떻게 알겠어?"

입이 근질거렸다. 성국이에게 J의 모든 실체를 까발리고 싶었다. 숨을 깊게 들이마셨다. 뭐라고 할 것인가? 호텔 방에서 J와 함께 정염을 남김없이 불태웠다고 털어놓겠는가? 아니면 내가 촬영하느라 LA에 간 사이 어떤 여자랑 놀아났는지 내게 헤르페스 바이러스를 옮겨주었다고 고백하겠는가. 나는 육수 한 모금을 들이켰다. 그 모든 전모를 듣게 되면 성국이가 어떤 충격을 받게 될지, 머리를 흔들어 떨쳐버렸다. 털어버리자. 씻을 수 없는 과오를 지니게 됐지만 그것에 얽매이다간 폐인이 될 것 같았다. 앞으로 남은 내 인생마저 엉망진창으로 만들 수는 없었다.

"여기, USB 받아. 영상편집 끝냈다."

"오? 그래? 잘 만들었겠지?"

"물론이지. 이 세상 누구라도 이 다큐처럼 만들 수 없을 거다."

"오─, 자신감이 하늘을 찌르는데?"

"내가 자랑할 만한 건 그것뿐인데?"

"그건 내가 인정하지. 누나! 영상처럼 옷도 좀 세련되게 입을 수 없어?"

"야, 너 무슨 섭한 말을 그렇게 해? 이게 내 트렌드다."

"그래, 그래. 농담 한거야. 누난, 그게 누나 스탈이지. 완존 누나 스타~일."

"너네 부장님한테 말이나 잘 해서 방송 탈 수 있게 해줘."

"응, 그건 걱정 마. 그래도 채택이 안 될 수도 있으니 너무 기대는 갖지 마."

그제야 맥이 풀렸다. 무너지지 않고 내 길을 가는 길만이 나를 위로하는 거라 다독였다. 멘탈이 무너지려고 할 때마다 영상 편집에 매달렸던 이유다. 누군 내 덕에 잘 나가고 있는데 나만 뒤처질 수는 없다. 그게 억울해서라도 끝까지 버티자고 마음을 굳게 먹었다.

감정노동자인데다가 일을 해주고도 제대로 품삯을 받지 못했다던 어느 염전 일꾼의 사연보다 못한 나의 억울함을 풀기 위해서라도 나는 모든 역량을 동원했다. J의 실체를 알고 있어도 복수를 계획하지 않고 가슴에 묻어두기로 했다. 자존감이 낮았던 나지만 다른 사람의 파멸로 행복을 얻을 수는 없다. 그래서 나는 간절하게 영상에 정당한 평가를 받고 싶었다. 내가 심혈을 기울여 제작한 작품을 인정받는다면 정말 기쁠 것 같았다. 내 몸에 헤르페스라는 고약한 놈이 기생하고 있어도 평생 그놈을 살살 달래며 살아가기로 했다. 하나님, 부처님, 천지신명님! 불쌍한 인생을 굽어 살피시고 벼락같은 건 내리지 말고 저에게 한 번이라도 빛줄기를 내려주소서. 그 빛을 바라봤다는 것만으로도 힘을 얻고 평생 살아갈 수 있게 해주소서. 하지만 그 빛 대신 나는 빚을 갚아야 했다.

가을이 깊어졌다. 겨울이 오면 코로나바이러스 감염이 더 성행할 거라는 뉴스로 불안함이 증폭됐다. 백신이 출시되려면 일 년

이나 더 지나야 한다는 둥, 코로나는 독감처럼 사라지지 않을 거라는 추측성 보도는 일상을 피곤하게 했다. 다행히도 재발이 잦던 헤르페스가 꾸준하게 챙겨 먹은 비타민C 덕분인지 동면에 빠진 듯 잠잠했다. 내가 그토록 좋아하는 아르긴산이 함유된 땅콩과 초콜릿도 끊었다. 원통에 뿔이 침처럼 박힌 바이러스 닮은 그림만 봐도 마음이 바작바작 말라 갔다. 사람들은 코로나바이러스에 마음을 졸이고 있지만 나는 내 몸 안에 살고 있는 헤르페스로 전전긍긍하고 있다.

누구라도 예외가 없이 걸린다는 바이러스 출현에 지구가 멸망할 때가 도래했다는 뭇사람들의 종교적 신념이 솔깃해지는 날들이 이어졌다. 과거에도 인류가 멸망할 정도의 바이러스가 존재했었다. 천연두가 창궐했던 잉카제국의 멸망이 그랬고 멈출 모르던 나폴레옹의 진격을 붙잡은 건 티푸스의 유행이었다. 수나라와 당나라와의 전쟁 때도 역병으로 군사들이 죽어갔다. 세계 제1차 대전이 거의 끝나갈 무렵 스페인 독감으로 불리던 바이러스의 공격은 전쟁에서 죽은 사람의 3배나 되는 사상자를 만들었다. 더럽고 불결한 곳에서 퍼져가는 바이러스, 전쟁 중에 시체를 손으로 만지고 더러운 물을 마셔야 하는 병사들이 묻힌 바이러스에 의해 인류는 맥없이 죽어갔다. 20초 동안 비누로 손을 씻으라는 기본 생활이 새삼 주목을 받고 있다. 손만 씻어도 전염을 막을 수 있다는데 나는 손이 아니라 마음을 씻어야 했다.

손을 수시로 씻어야 하는 또 한 사람, 일의 특성상 제대로 씻을 수 없는 같이 일하는 동료가 확진을 받았다며 울상을 하며 남편이 집으로 돌아왔다.

"2주 동안 집에 있어야 한대."

"검사는 해봤어?"

"양성이든 음성이든 무조건이야. 같이 일하던 김 씨 있잖아? 그 연세가 많으신 분이 양성이래."

"양성이면 나이가 많으니 힘드시겠네."

"나이가 들어도 택배일이라도 할 수 있어서 다행이라며 아주 즐겁게 일을 하셨는데 안 됐어."

격리하는 첫날부터 바깥출입이 금지된 남편은 안절부절못했다. 나더러 어떻게 2주를 참았냐며 신기해했다. 그 칭찬에 하마터면 내가 실제로는 2주가 아니라 4주 동안 격리를 했다는 말을 털어놓을 뻔했다. 바깥출입을 못하는 남편을 대신해서 나는 남편의 손이 되고 발이 됐다. 하루 종일 심심한 남편은 핸드폰으로 여기저기 전화를 걸며 소일했다. 교도소도 이런 교도소가 없다고 투정하는 남편을 보니 자가격리하느라 성국이네 집에서 지냈던 고립된 생활이 떠올랐다. 설빈이가 어떻게 사는지 궁금했다. 어쨌거나 그녀와 나의 만남은 인연은 인연이었던 모양이다. 뜬금없이 그녀가 연락을 해왔다.

"언니, 나 설빈이야."

뜻밖의 그녀의 목소리는 여전히 새로 산 청바지처럼 짙푸르게 파릇했다. 그동안 어떻게 지냈냐는 내 질문에 그녀는 대뜸 딴소리를 했다.

"언니, 언니가 지난번 사무실 있다고 했잖아?"

"그래, 놀러오라니까!"

"나 거기서 당분간만 지내면 안 될까?"

"숙식을 한다고?"

안 될 것도 없는 일이다. 어차피 밤에는 비어있는 장소다. 나도 아사이클로버를 선뜻 내게 줬던 그녀처럼 그러라고 했다. 그녀는 말이 떨어지기 무섭게 다음 날 가방 하나를 달랑 들고 사무실을 찾아왔다. 나는 접이용 침대를 사무실 한구석에 놓았다. 무슨 사정이 있냐고 묻지도 않았다. 이 사무실에서 훔쳐 갈 거라곤 카메라뿐이다. 하지만 설빈이가 그 카메라를 들고 가서 국을 끓여먹겠는가 삶아먹겠는가. 판다면 몇 끼는 해결하겠지만 그렇게 사람을 못 믿는다는 건 내 사전에 없는 일이다. 사람 믿다가 헤르페스까지 감염됐지만 그보다 더한 손해는 앞으로 일어나지 않을 거라고 생각했다.

설빈이 무용수였다는 건 예사롭지 않은 몸매에서 짐작했다. 그녀는 방송국에 가끔 불려 나가는 모양이었다. 무용단 일이 정기적이지 않아 그만둘 수도 계속할 수 없어 흠이라면 흠이라고 했다. 수입이 걱정스런 그녀의 옷차림은 궁색함이 엿보이지 않았다. 일도 많지 않다는 그녀는 뭐가 바쁜지 얼굴을 보기도 쉽지 않았다. 작업하는데 방해될까 한편으로는 괜한 짓을 했나 싶었는데 기우였다. 깔끔한 성격의 그녀는 머리카락 한 터럭도 바닥에 흘리지 않았다. 요즘 보기 드문 아가씨라고 생각했다. 집으로 불러 같이 식사라도 하고 싶었으나 그녀는 늘 사람들과 만나느라 나하고도 밥 먹을 시간을 내지 못했다. 알약 하나에 진 빚치고는 꽤 많은 잔신경을 쓰며 그녀를 살뜰히 챙겼다.

가면

    사무실에 설빈과 같이 있게 되니 집기들이 더 필요했다. 성국이가 쓰지 않던 컴퓨터를 후원했다. 상가주인이 버리려던 책상을 들여놓은 것도 설빈을 위해서였다. 그녀가 하는 일이라곤 성국이가 준 컴퓨터에서 유튜브 동영상을 보는 게 고작이지만 책상 앞에 앉아있는 그녀는 마치 새로 채용한 직원처럼 그럴듯했다. 영상편집을 의뢰하러 오가는 고객들도 그렇게 여기는 듯했다. 마스크로 얼굴 반이나 가렸음에도 눈꼬리에 모인 상큼한 웃음은 가릴 수가 없었다. 자그마한 사무실에 두 사람이 사부작 움직이니 일거리가 많아 보이고 생생한 활기가 넘쳤다.

    대충 컵라면으로 끼니를 채운다든지 처량하게 혼자 짜장면을 먹지 않아도 됐다. 머리를 가까이 맞대고 먹는 짜장면은 면발이 불어도 목구멍에 안 걸리고 술술 넘어갔다. 이제는 둘이 먹으니 뭘 먹어도 꿀맛이었다.

설빈과 나는 가끔 전통시장을 찾았다. 사람 냄새가 나는 곳이다. 강인한 생명력을 느끼게 해주고 눈으로 식욕을 자극하는 재래시장은 한 바퀴 도는 것으로도 치유가 되었다. 치즈 덩어리 흡사한 밀가루를 반죽하는 칼국수 가게를 지나 맛깔난 총각김치가 먹음직스레 쌓여있는 반찬가게 앞에서 고민했다. 무엇부터 맛을 볼까. 매운 김치 양념을 보니 입안에 침이 고였다. 열무김치와 콩나물, 무생채, 부추를 섞은 고추장 비빔밥으로 결정했다. 양푼에 담은 밥과 재료를 쓱싹쓱싹 섞어 고추장과 참기름을 끼얹어 비볐다. 숟가락을 고작 서너 번 움직였을 뿐인데 금세 노란 알루미늄 그릇이 바닥을 드러냈다. 녹두고물을 묻힌 쑥인절미를 나눠 먹고 뜨끈한 어묵 국물을 먹다 보니 마음은 더할 나위 없이 즐거웠다. 줄을 서서 기다려 만두 튀김을 한 개씩 입에 물고서야 재래시장 순례는 끝이 났다.

"언니, 여기 오니까 꼭 집에 온 것 같아."

"고향?"

"내가 사는 집이 시장에서 아주 가까웠거든. 내 놀이터는 시장이었어."

"그래? 고향 생각이 나니?"

"아니, 그곳은 내 고향이 아냐. 고향은 여기 서울이지."

정붙이면 고향이라더니 그녀는 서울을 고향이라고 우겼다. 그녀와 오누이라고 오해할 만큼 붙어다녔다. 설빈이가 미장원에 가서 파마를 한다고 하면 내가 따라갔고 시장에 찬거리를 사러 가면 설빈이가 졸졸 나를 따라왔다. 그녀는 하루 종일 내가 작업하는 것을 구경하기도 했다. 언제부터인가 나와 그녀는 한 몸으로 움직이게 됐다. 불현듯 걸려오는 전화에 용수철처럼 튀어가는 걸 빼놓고는 그녀는 늘 내 공간에 있었다.

"두 양반이 어쩜 그리 닮았어? 자매야?"

"자매요? 네, 맞아요. 자매."

시장상인들은 그녀와 내가 같이 다니면 자매냐고 물었다. 둘이 닮았다는 소리가 싫지 않았다. 거무튀튀한 내 피부색이 그녀의 하얀 피부와는 비교가 되지 않는데 뭐가 닮았다는 건지, 사람들의 안목이라는 건 빤히 눈으로 쳐다보고도 제대로 인식하지 못하는 것 같다. 눈으로 보고도 잘못 판단하는데 하물며 보이지 않는 곳에서 일어난 일은 더 왜곡되기 십상이다. 점잖아 보이는 J가 설마하니 헐렁한 트렁크 팬티를 입고 침대에 누워 아내가 아닌 여자에게 손짓하는 이중성이 있을 거라곤 예측도, 상상도 할 수 없을 것이다. 소외되고 힘없는 이들을 대변하며 자신을 그럴듯하게 포장하는 J의 겉모습만 진짜인줄 알겠지. 시장 상인들이 직접 두 눈으로 보면서도 나와 설빈이가 자매가 아니냐고 오판을 하는데 내가 J의 실체를 폭로한다고 해서 사람들이 얼마나 나를 믿어줄까. 쓴웃음이 나왔다. 자신들이 믿어왔던 환상을 깨버렸다고 오히려 부정한 여자라고 나를 욕하고 J를 감싸고 돌 것이다.

설빈이 콧노래를 불렀다. 돈데 보이, 돈데 보이. 귀에 익은 멜로디다. LA에서 만났을 때 J가 잠들기 전에 유튜브로 들었던 노래다. 노래를 들어야 잠이 드는 J의 습관 때문에 나는 곤혹스러웠다. J는 그 노래를 틀어놓고 잠이 들었고 나는 그가 잠든 후에야 조심스레 핸드폰을 끄고 옆에 누웠다. 무슨 뜻인지도 모르는 라틴노래, 구슬픈 가락을 설빈은 세레나데처럼 불렀다. 명민한 그녀는 정확하게 라틴발음으로 노래를 불렀다. 대중적으로 유명한 노래였으니 그녀가 아는 게 이상한 일은 아니다.

마드루가다 메 베 꼬리엔도 바호 엘 시엘로 께 엠뻬에사 꼴로르…

돈데 보이 돈데 보이 에스뻬란사 에스 미 데스띠나시온
솔로 에스또이 솔로 에스또이.

"그 노래 제목이 뭐야?"

"돈데 보이."

"무슨 내용의 노래야?"

"멕시코 이민자 노래야."

설빈이가 알려준 제목으로 검색했다. 무슨 노래였기에 J가 아침저녁으로 들어야 했는지.

점점 멀어지는 당신 / 머지않아 당신은 꼭 / 내 곁에 와줬으
면 해
일만 하며 지내는 타국의 일상 / 그래도 당신의 미소를 지울

수가 없어
당신 없는 삶은 무의미한 삶 /도망자처럼 사는 무의미한 삶
어디로 어디로 / 난 어디로 가야 하나
희망을 찾아 헤매고 있어 / 나 홀로, 외로이

　화장실에 놓여있던 여자용 파우치백의 주인이었나. 서랍에 가지런히 속옷을 정리하던 그 누군가에 대한 그리움이었나. 이제야 알 것 같았다. J가 눈을 뜨자마자 그 노래를 들어야 했던 이유를. 잠들기 전에 귀에 대고 들어야 잠이 들던 까닭 말이다. 제목이 뭐냐고 물었더니 그것도 모르냐고 면박을 주던 신경질적인 무례함. 나는 그의 태도에 질투와 동시에 적의마저 느껴졌다. 돈데 보이, 돈데 보이. 어디로 가야 하나. 나야말로 어디로 가야 하나.
　사람들은 자기가 믿고 있는 신념이 무너지는 걸 원하지 않는다. 성추행을 당한 여자가 오히려 세상에서 얼굴을 들 수 없게 만드는 분위기는 가해자를 위해서가 아니라 자신이 믿고 있는 허구를 지키기 위해서다. 사람들은 정의가 살아있길 바라지만 그들이 말하는 정의라는 게 내가 알고 있는 그 정의와는 달랐다. 이 불온한 세상의 은폐된 부정을 모른 척하며 살아가야 하는 게 옳은 것인지, 양심의 깃발을 흔들며 피곤한 투쟁을 시작해야 하는 것인지 판단이 서질 않았다. 왜냐하면 나도 이미 정의를 논할 자격을 잃었기 때문이다. '시장과 우리는 하나'라는 플랜카드를 들고 시위하는 뉴스가 컴퓨터 화면에 나타나도 그러려니 받아들일 뿐이

다. 설빈처럼 대놓고 자신에게 성병을 옮겨주었다는 전 남자 친구를 언급하며 발끈할 수도 없었다.

"쟤 또 나왔네. 쟤가 TV에 나올 때마다 잠자던 수포가 일제히 고개를 드는 것 같아."

"그런데, 언…제, 정신을 챙기게 됐어?"

"언니, 정신을 챙기긴, 내 정신은 맨날 지하세계에 있어. 태아에게 바이러스가 감염될 수도 있다는 사실은 정말 충격이었다고. 여자에게 그것보다 더한 비극이 어딨냐고…. 생리 중일 때 수포가 생겨봐. 그땐 정말 저 녀석한테 찾아가 똥이라도 한 바가지 퍼주고 오고 싶은 마음이었어."

"그렇지? 그 기분 이해해."

"언니, 저 녀석이 아무렇지 않은 듯 TV에 출연해서 시답지 않은 농담으로 히히덕거릴 때마다 난 내 몸에서 빠져나가는 영혼을 느꼈었어. 그랬는데…, 내가 멘탈을 챙겼던 게 언제인지 알아?"

"언제야?"

"어느 순간 이런 생각이 들더라고. 나를 이해해주는 사람이 있을 거라고."

"그게 전부야?"

"그럼, 그게 전부지. 날 받아주는 사람이 있으면 고민할 게 없잖아?"

"그래서 설빈을 받아줄 남자를 찾고 있는 중이야?"

"아니, 찾았어."

"그래? 헤르…페…스, 있다고 고백했어?"

"응."

"그랬더니? 괜찮대?"

"응. 괜찮대."

"잘 됐다."

"그치? 게다가 그 사람 무지 매력적이고 멋있어."

"다행이다."

난 진심으로 그녀의 새 만남을 축하해주었다. 젊고 아름다운 여자가 의도치 않게 질병을 안고 평생 살아가야 하는 것만큼 비극적인 일은 없을 것이다. 그녀가 남 부끄러운 고백을 해도 그녀를 받아준다니, 하긴 그 진실의 양이 어느 정도인지 가늠할 수 없지만 매혹적인 그녀를 마다할 남자는 없을 것이다.

—언니, 게슴츠레 음욕을 품은 남자들 시선을 느껴본 적 있어? 발정 난 동네 똥개마냥 눈으로 훑어대는 시선은 남자뿐이 아니야. 거무튀튀한 표정으로 실룩거리는 여자들의 비웃음도 견딜 수가 없었다고. 내가 지나가면 수군거리는 소리가 목덜미를 타고 머리끝에 닿아서 지릿지릿 온몸에 소름이 돋아. 지금 생각해보면 뭇사람들의 시선을 의식할 필요가 없었는데, 그땐 어려서 남의 이목이 엄청 신경 쓰였거든. 이제는 나도 뻔뻔해져서 그러거

나 말거나 신경도 안 쓰게 됐지만 그땐 정말 참을 수가 없었어. 정 부모님이 보고 싶으면 몰래 갔다가 새벽에 첫 차타고 서울로 올라와 버리곤 했지. 그놈의 동네 오지랖들은 내가 없는데도 지나치게 나를 챙겨. 울 엄마한테 요새 딸은 뭐하냐? 왜 집에 안 오냐? 그게 내 안부가 궁금해서 그랬겠어? 뭔가 잘못되길 바라는 심보를 숨기고 괜히 걱정해주는 척 울 엄마를 찾아와 염장을 지르는 거지. 동네 여편네들이 괜시리 배추 전 한 조각 들고 와서 슬금슬금 집안 염탐이나 하고, 속 좋은 엄마가 한 마디 털어놓은 게 그다음날 동네 소문으로 다 퍼진다니까. 울 엄마가 얼마나 질렸으면 아예 김장도 혼자 해버려. 딸 예쁘게 난 게 이렇게 사람들 입에 오르내릴 줄 몰랐다는 엄마의 넋두리를 위로해줘야 하는데, 그게 쉽지 않네.

사무실에서 불편한 쪽잠을 자는 그녀를 식솔처럼 챙겼다. 남편 주려고 만들었던 아구찜이 제법 그럴듯하게 익었기에 식기 전에 먹으라고 부리나케 사무실로 달려갔다. 그런데 사무실 불은 꺼져 있었다. 약속이 없다던 그녀였다. 아마 밤중에도 외출을 하는 모양이었다. 그녀가 나한테 매어 있는 강아지가 아닌데 외출했을 거라고 왜 짐작하지 못했을까. 혹시나 늦게라도 들어오면 먹을까 해서 아귀찜을 책상 위에 올려놓고 집으로 돌아왔다.

다음 날에도 그녀는 사무실에 없었다.

전날 밤에 올려놓은 아귀찜 알루미늄 포장은 내가 놓고 간 그대로였다. 그녀는 내가 오후에 사무실을 나설 때까지 사무실에 오지 않았다. 전화기를 만지작거리며 연락을 할까 하다 그만두었다. 그녀의 소지품은 그대로 있었다. 돌아오겠지.

해가 부쩍 짧아졌다. 다른 날보다 일찍 사무실을 나섰다. 설빈이가 없을 때는 나 혼자라 해도 잘도 지냈는데 이상하게 그녀가 없는 빈자리는 썰렁했다. 나는 걸음을 걸으면서도 허공을 내딛는 기분이었다. 왜 사무실로 돌아오질 않는 거지? 전화를 걸어볼까? 그러면 진한 청바지 같은 파릇한 목소리로 대답할 텐데. 거처를 정했으면 가방을 찾아가라고 전화할까? 그건 너무 매정했다. 몇 번씩 그녀의 핸드폰으로 행적을 묻고 싶었지만 연락하진 않았다. 사춘기 소녀도 아닌데, 알아서 때가 되면 가방을 찾아가겠지.

길을 걷다가 걸음을 멈추었다. 갈라진 아스팔트 틈새를 비집고 자라는 풀들이 슬프게 눈에 들어왔다. 무수히 오고 갔던 그 길에 언제나 있었을 그 여린 풀잎 사이로 아이의 머리에 꽂은 꽃핀 같은 꽃망울이 보였다. 이제 곧 겨울이 시작할 텐데. 생명이 자랄 수 없는 척박한 콘크리트에 어떻게 이곳에서 싹을 틔웠을지 꽃들의 생명력은 신기하다. 설빈을 하루 못 봤다고 유난 떨 일이 아니다. 곧 돌아올 테니까. 그녀를 주려고 했던 아귀찜은 도로 가방 안에 챙겨 넣었다. 전날에 부족하다고 먹다 만 것 같다며 더 달라고 아우성을 쳤던 남편 손에서 '그만 먹으라'며 빼앗았던 아귀찜이었다. 그녀가 밤중에 나간 줄 알았다면 오지랖 떨지 말고 갖다 주지나 말 걸 하는 후회도 들었다. 걱정이 점점 괘씸하다는 감정으로 변했다. 어딜 간다면 간다고 하고 사무실을 나설 것이지, 그러다가도 혹시 무슨 사고라도 난 게 아닐까 밤새 잠을 뒤척였다. 세상모르게 곯아떨어진 남편의 숨소리가 거슬렸다. 공연히 가슴이 두근거리고 대수롭지 않은 일에도 민감해지는 요즘이다. 소심해진 생각이 가슴을 조이게 만들었다.

날이 밝았다. 아침뉴스에는 새삼스레 고인이 된 시장의 업적을 재조명했다. 짝짓기에만 관심 있는 수컷과 달리 업적과 본능을 둘 다 취하려는 인간의 생태계가 교착상태에 빠진 듯 보인다. 시장이 추천했던 예술과 지역이 함께 하는 문화 행사가 예산만 잡아먹는 행사였다고 문제 삼았다. 왜 그때 회의에 참가했던 공무원들은 상권 부활을 위해 주말마다 진행했던 프로젝트가 하나마나라고 만류를 하지 않았던 걸까? 그때는 동네 담벼락에 벽화를 그리는 작업에 젊은이들이 동원되니 새로운 일거리 창출이라고 찬사를 늘어놓았었다. 낡은 화장실은 그대로 두고 외관의 껍데기만 바꿨던 아이디어가 보여주기식이었다는 뒤늦은 평가가 아침뉴스 토론으로 팝콘처럼 쏟아지고 있었다. 원하는 게 없으면 번민도 일어나지 않는다는 진리가 결코 평범한 말이 아니듯 하다. 하고자 하는 계획을 세우는 순간 계획은 순수함을 벗어던지고 과욕이라는 옷을 바꿔 입게 된다. 그동안 쌓았던 시장의 공적들이 문제점으로 지적되는 뉴스를 들으며 나는 점심도시락을 챙겼다.

남편은 요새 새벽같이 물류센터로 향했다. 남편의 새벽은 열망이 없는 자의 불평으로 시작했다. 라면 그릇으로 자신의 영혼을 평가하는 이른 아침은 남편에게도 나에게도 기운을 빠지게 만들었다.

"라면 가게서 하루 100그릇 팔아봐야 얼마 벌겠어? 내가 이거 집집마다 돌아다니며 배달해봐야 라면 100그릇 배달하는 거랑 똑같다고."

"단순 노동이 원래 그런 거지. 뭘 더 바래?"

"이제 몸도 점점 말을 안 듣고, 이거 해봐야 돈 받은 족족 쓰기 바쁘니…."

발이 닳도록 움직여서 겨우 몇 푼 손에 쥐는 금액에 허탈하다는 남편이 안 돼 보였다. 그냥 미안했다. 남편의 뒷모습을 한참동안 바라봤다. 삶의 무게로 짓눌린 어깨가 오늘따라 더 축 처져 보인다. 촌티 나는 아저씨가 되어버린 남편을 등지고 J에게 향하던 내가 어리석었다. 끼니도 제대로 못 챙기는 남편에게 동정은커녕 무능해 보인다고 등을 돌렸던 나다. 이대로 속죄하듯 가방을 싸들고 사무실이 아닌 어디론가 가출하고 싶은 충동이 몰려왔다.

화장기가 없는 얼굴로 사무실 문을 열었다. 설빈이가 없으니 화장을 하고 싶은 마음도 사라져서다. 꾸며진 모습을 보여줄 대

상이 사라지면 나도 의미가 없어지는 모양이다. 나를 친누나로
여기는 성국이만 예외다.

"어, 성국아! 이렇게 일찍 어쩐 일이야? 방송국 출근 안 했니?"

"누나, 내가 지금 기쁜 소식을 알려주려고 들렀지."

"기쁜 일? 뭐냐? 결혼하냐? 아니지, 그건 내게 불행한 일이지.
요새 축의금 낼 상황이 아냐."

"누나, 그게 아니고 지난번 누나가 내게 준 영상 말야?"

"그 영상이 드디어 방송을 타냐?"

"아, 그거 내가 사실은 공모전에 냈어. 그거 대상 받은 것 같
아."

"뭐?"

"아직 공식적 발표는 안 났어. 오늘 중으로 홈페이지에 게시
될 거야."

"저, 정말이야?"

"진짜 잘 됐어. 누나 한턱 내야 한다."

"한턱이 아니라 내 턱을 다 뽑아가도 돼."

"나, 지금 방송국 가야 하니까 이따가 다시 연락할게."

내가 대상을 받게 되다니 얼떨떨했다. 난 웃었다. 그 웃음소리
는 성대에서 나오는 소리가 아니었다. 마치 텅 빈 동굴에서부터
뿜어져 나오는 기이한 괴성이었다. 발작하듯 웃고 또 웃었다. 마
침내 받게 된 대상으로 나는 컴컴한 어둠 속에 비친 빛을 보게 되

었다. 인터넷 검색으로 방송국 홈페이지에 올라온 수상자 명단에 내 이름을 확인하고서야 믿을 수가 있었다.

독립다큐멘터리 대상 수상자 조밀양 제목 '민초, 어둠으로 사라져도 빛으로 살아나다'

기분이 붕 떠서 하루 종일 손에 아무 일도 잡히지 않았다. 입이 근질거려 가만히 있을 수가 없었다. 여러 차례 연결을 시도했으나 바쁜지 남편은 내 핸드폰을 받지 않았다. 문자를 남기려 하다 그만두었다. 이따가 저녁에 만나면 직접 말하리라. 내 이름이 게재된 방송국 홈페이지를 하루 종일 모니터 화면에 띄웠다. 보고 또 보고.

방송국에서 연락이 왔다. 신문사에서 취재요청도 들어왔다. 세상의 주목을 받는 건 순식간이었다. 눈 뜨고 일어났더니 유명인이 되었다는 말이 허풍이 아니었다. 내 자존감 수치가 롯데월드타워 123층으로 올라가듯 높아졌다. 그것만으로도 나는 내가 충분히 만족스러웠다. 그러나 수상이 실감났던 건 그 때문이 아니었다. 텔레그램 문자 도착 알림이 울렸다. 띵.

―지금 뭐해?

시간의 공백이 느껴지지 않는 문자가 툭 도착했다. J였다. 내가 한국에 들어온 지가 언제인데 이제 연락을? 나는 한참 동안 스마트폰 액정화면을 노려봤다. 내가 코로나바이러스로 작업을 철수하고 한국에 들어온 걸 알고 있으면서도 일절 연락 없던 사람이었다. 나를 무시해도 유분수지. 나를 아무 때나 연락해도 되는 여자로 취급하다니. 이건 아니지. 입술을 깨물었다. 안절부절 집중할수가 없다. 이런 업신여김을 받고도 아무렇지 않을 수는 없었다. 얽죽얽죽 헝클어진 머릿속을 끌어다 컴퓨터 모니터를 바라보게 했으나 컴퓨터 화면은 눈에 들어오지 않았다. 다시. 띵.

ㅡ축하해.

난 컴퓨터 키보드에서 손을 뗐다. 뭐지? 정말로 축하하려고 연락을 한 건가? J의 의중 따위는 알고 싶지 않다. 비웃는 건가? 조롱? 추천서 부탁을 거절했던 J였다. 자기 도움 없이는 아무것도 될 수 없을 거라고 착각했겠지.

ㅡ어쩐 일이세요?

내가 문자를 보내자마자 핸드폰 벨이 울렸다. 숨을 크게 들여마셨다.
"여, 대단한데? 상도 타고 말이야."

"…."

"한 번 만나야지."

"…."

물론이지. 만나야지. 그의 호출에 대한 나의 감정은 이젠 굳어진 시멘트다. J가 LA로 왔을 때만 해도 기다림으로 마음이 바특해졌다. 코로나19로 미국 현지촬영을 멈추고 철수를 망설이던 즈음에 J가 LA로 왔다. 연말이니 휴가를 맞이해서 가족들을 만나러 왔겠지만 J의 연락이 반가웠다. 한국을 떠나온 나는 몇 개월 동안 타국에서 받은 심적 고충이 말로 표현할 수 없었다. 언어가 자유롭지 않다는 것 그 자체만으로도 스트레스였다. 경비를 아끼기 위해 거의 노숙자처럼 끼니를 해결했다. 사람을 만나기 위해서는 누군가의 도움이 꼭 필요했다. 이 사람 저 사람 소개받아야 하고 방문 약속이 잡혀있는 사람을 만나러 가는 초행길은 말초신경까지 수축시켰다. 눈에 들어오지 않는 영문 이정표를 살펴야 했고 그중에서도 차편을 부탁하는 일은 제일 어려운 일이었다. 인터뷰를 마치고 숙소로 돌아오면 저녁식사도 잊고 쓰러져 잠이 빠질 정도로 초죽음이 되었었다. 그런 와중에 J의 LA 방문과 그의 부름은 반가웠다. 임시로 한인이 운영하는 하숙집에 방 한 칸을 쓰고 있던 나는 그간 겪었던 좌충우돌 타국 생활의 어려움을 털어놓고 위로를 받고 싶었다. 한껏 부푼 기대를 갖고 J가 오라는 장소로 갔다.

택시 타고 도착한 장소는 한인 타운에서 30분 거리에 있는 작은 모텔이었다. 덩그러니 쓰러질 듯 낡은 모텔이 서쪽 해를 받고 있었다. 나는 눈을 찡그리며 모텔의 외관 앞에 발걸음을 멈췄다. 한눈에 봐도 숙박객이 전혀 찾을 것 같지 않은 싸구려 모텔이었다. 하필이면 이런 곳엘? 만날 장소를 이런 후진 곳에 택한 것은 우리 둘의 만남이 사람들 눈에 띄어서는 안 되었기에 정했을 거라는 점은 이해가 갔다.

J는 100년은 더 되어 보이는 낡은 침대에 누워 있었다. 나는 욕실로 향했다. 욕실에 걸린 타월은 축축했다. 누군가 썼던 모양이다. 아니면 빨래가 덜 말랐나? 작은 틈새로 바람이 들어오는지 흔들리는 낡은 커튼 천처럼 꺼림칙한 기분이 들었다. 내키진 않았지만 J를 거부할 수도 없었다. 늘 그렇듯 J와 나는 다음이라는 기약 없이 헤어졌다. 일주일 후 J는 한국으로 돌아갔다.

내 몸에 이상 징후가 느껴졌다. 어이없게도 사람 몸을 숙주로 삼는 바이러스가 침투했다. 덜 마른 수건이 꺼림칙했고 열악한 모텔의 청결 상태가 의심스러웠다. 과거로 돌아갈 수만 있다면, 하지만 이미 물은 쏟아졌다. 잠을 자다가도 벌떡 잠에서 깼다. 되돌릴 수 없는 현실은 절망적이었다. 온몸이 바닥 밑으로 분말로 바스러져 흩어졌다. 한국으로 가려던 계획을 차일피일 늦췄다. 이 상태로 귀국할 수 없었다. 처음 감염증상이 생겼을 때부터 1년 동안은 재발이 잦기 때문에 남자를 가까이 해서는 안 된다는 의

사의 권고 때문이었다. 남편에게 가까이 갈 수 없게 된 나 자신에게 어떤 위로도 해줄 수가 없었다. 애초에 J를 거절해야 했다. J의 성노리개가 되었던 내 선택이 한없이 저주스러웠다. 내게 손짓을 하던 J의 늘어진 허벅지와 내장에 기름이 잔뜩 쌓인 불룩한 배는 그동안 숨겨왔던 탐욕이 드러난 듯 흉물스럽게 보였다. 침몰하는 배 안에서 죽음을 직감한 겁먹은 생쥐처럼 나는 그가 몰락하고 있음을 직감적으로 느꼈다. 하지만 나도 마찬가지였다. 생기를 잃은 심장은 희미하게 뛰었다. 무너질 거라곤 한 번도 생각하지 않았던 장기들이 일순간 부패되는 기분이었다. 그 감정을 고스란히 받았던 내 몸이 수상한 신호를 보냈다. 물집이 생겼고 터졌다. 터진 부위에 물이 닿으면 그 아린 통증은 진땀을 솟아나게 했다. 소변을 볼 수도 참을 수도 없는 통증이 여러 날 이어졌다. 미생물들이 살아남기 위해 서서히 내 몸의 정상 세포들을 죽이려고 자가복제를 빠르게 진행하고 있었다.

－지금 뭐해?

사람이 변하지 않는다는 건 명언이었다. 세 살 버릇이 여든까지 간다는 말, 죽을 때까지 바뀌지 않는다는 뜻일 게다. 뜬금없이 연락을 하는 그 버릇은 여전했다. 축하한다며 만나자는 J의 청을 거절하진 않았다. 처음에는 연락을 뚝 끊어버리는 일방적인 태도에 안절부절못했지만 이젠 담담하다. 내 정신과 건강에 굵고 길게 지울 수 없는 빨간 줄이 그어졌지만 벌 받은 거라 받아들였다. 남편 말고 딴 남자하고 살을 섞었으니 벼락을 맞지 않은 게 다행이라 여겼다. 오랜 수련으로 마음의 도를 닦지 않는 이상 지킬 수 없는 게 남자의 아랫도리라는 걸, 상대방의 요구를 매몰차게 거절하지 못했던 건 순전히 내 탓이라며 나는 가해자에게 면죄부를 주었다. 그리고 조용히 눈도 귀도 마음도 닫아버렸다. 그랬던 내가 J의 만나자는 요구를 수락했다. 왜냐하면 이별은 확실하게 정리하고 싶었다. 그래야 내 마음에서 엉킨 감정의 실타래를 제대로 풀 수 있을 테니까. 나를 위해서. J를 만나기로 했다. 다만 예전처럼 당장 달려가지는 않았다.

게시판에 자신의 심경을 포스트잇에 써 붙이는 게 젊은이의 용기라면, 두려워하지 않는 마음을 보여주는 건 나이든 여자의 몫이다. 자신은 건강검진 받았는데 모든 게 정상이라며 남편한테 옮은 게 아니냐며 오히려 나를 헤픈 여자 취급했던 J, 넌 아웃이야.

수상 소식이 가져다준 행복감은 꽤 여러 날 만족스럽고 기분이 아주 좋았다. 상이 행복을 주는 건지 돈이 넉넉함을 주는 건지는 잘 모르겠다. 어느 쪽이든 상관없다. 시답지 않게 생각했던 가족들의 대접이 달라졌다. 우선 내게 돈만 벌어오라고 투덜대던 남편의 후줄근한 속옷부터 갈아입혔다. 두 아들이 모처럼 집에 들렀기에 용돈도 챙겨주었다. 상금으로 받은 돈이 LA에서 썼던 경비의 절반도 해결을 못 하지만 물질로 따질 수 없는 영광을 얻게 되었다. 쓴 눈물을 삼킨 결과는 여러 사람을 행복하게 만들었다. 사무실 임대료 걱정을 잠시 접어둘 수가 있었다.

돈에 쪼들렸던 나를 눈 아래로 깔고 보던 J의 환영을 머리를 흔들어 쫓았다. 상을 받아 한없이 즐거운 이 상황에 눈치 없게 J의 얼굴이 뇌 속의 해마를 비집고 튀어나오다니. 하지만 내 마음속에서 J를 완전히 밀어낼 수 있었던 것은 아니다. J에 대한 연민이라기보다는 그동안 그를 위해 쏟았던 내 열정은 지키고 싶었다. J를 비난하면 내 헌신도 구멍 뚫어진 신발이 되고 말기에 그것만큼은 보관하고 싶었다. 약한 자의 인권을 방패 삼아 자신의 권력욕을 채우던 J의 망령이 때때로 나를 흔들어놓았지만 참고 지내다 보면 이 기억도 흐릿하게 추억으로 변할 것이다. 그와의 만남이 전생으로부터 이어진 업의 결과라면 이젠 더 이상 그와 엮일 일은 만들고 싶지 않았다. 나는 그가 원하는 대로 다 제공했다. 내게 주어진 일련의 시간들이 전생에 만들어진 채무 관계를 해결하는 보은의 카르마라고 받아들이기로 했다. 대상을 받았다는 소식만으로도 나는 넉넉해지고 편안해졌다.

상도 받고, 상금도 받았으니 가뿐한 마음으로 도시락을 챙겨 집을 나섰다. 다시 격상된 사회적 격리로 장사가 부진하자 아예

문을 닫은 가게들이 점점 늘어났다. 셔터문이 내려진 철물점과 중고 책을 팔던 책방도 자물쇠가 달려있었다. 겨울을 코앞에 두고 있는 날씨는 제법 쌀쌀했다. 골목 모퉁이를 돌았다.

설빈, 꽃집을 지나 폐업이라고 쓴 커피점 모퉁이를 돌았을 때 목련꽃 같은 그녀가 보였다. 설빈은 난간에 기대어 슬리핑백을 털고 있었다. 나는 그녀를 향해 소리쳤다.

"설빈아!"

여행을 다녀왔다는 그녀, 핸드폰을 물에 빠뜨려 연락을 할 수 없었노라고 웃으며 말했다. 핸드폰? 그것 때문이라고는 정말 예상하지 못했다. 그녀는 새로 산 핸드폰이라며 내게 보여줬다. 신형 모델이었다. 수입이 없어도 살아가는 그녀의 뇌쇄적인 매력이 부러웠다. 액정화면에 전화번호가 떴다.

"설빈아, 얘, 이거… 전화 온다."

나는 진동으로 울리는 핸드폰을 그녀 손에 건넸다. 핸드폰을 들고 밖으로 나가는 그녀의 뒤태는 조각칼로 다듬은 것 같다. 청바지가 저리도 잘 어울리는 사람은 없다고 여겼다. 누구와 통화하는데 저리 표정이 밝을까. 유리창 너머의 그녀의 표정은 보는 것만으로도 내 입꼬리가 팽팽해졌다. 늘어진 뱃살처럼 생기가 없던 사무실에 활기가 넘쳤다. 설빈이가 돌아온 것을 어찌 알고 성국이가 연락을 해왔다.

"성국아! 설빈이 돌아왔…."

"누나, 지금 빨리 유튜브 틀어서 국정감사 검색해봐."

"왜?"

"정구경 그 작자 말야. 국정감사에서 헛소리해서 인터넷 검색어에 1위로 올랐다니까?"

"뭐라고 했는데?"

"누나가 한 번 직접 봐."

유튜브 동영상 검색창에 국정감사라고 키보드에 입력했다. 생중계로 진행되고 있었다. 국회의원이 J에게 질문했다.

"지금 중동 지역에서 나포된 대한민국 선박을 어떻게 풀려나게 할지, 한 마디 대안을 말씀해주시지요."

"음, 그 엄연히 대한민국 선박이긴 하나 불법을 자행했으므로 응당히 대가를 치러야 한다고 생각합니다."

여기저기서 수런수런 사람들이 동요하는 소리가 들리기 시작했다. 무심코 뱉은 J의 답변이 실시간으로 인터넷 검색어에 오르내렸다. 성국이의 말대로 J의 답변에 사람들의 이목이 집중됐다. J의 발언은 자국민을 보호해야 한다는 헌법에 위배되는 발언이라는 비난의 댓글이 1초 간격으로 달렸다.

유조선 선박이 나포됐다니, 나도 처음 알게 된 내용이어서 기사를 검색했다. 기름을 싣고 가던 유조선이 걸프해역을 지나다가 혁명수비대에 의해 영해를 침해했다는 구실로 억류돼있다는 외교에 관련된 민감한 사건이었다. 국회의원이 왜 그 질문을 던진 건지 나도 의아했다. J의 업무와는 전혀 관련 없는 주제라고 생각했다. J와 상관없다고 생각한 건 내 기준이었다. 원래 그런 인간이었는데, 그간의 가면을 벗을 때가 된 모양이다. 실언을 하게끔 상황이 우연찮게 만들어졌다. J의 의식 속에 숨겨졌던 그의 전모가 드러나는 때를 맞이한 거다. J가 잡고 있는 방향키가 서서히 몰락의 길로 흘러가고 있었다. 누구의 말처럼 코로나19로 병들어가는 지구가 종말로 치닫게 될지는 모를 일이다. 그래도 징후가 보인다고 그것만으로 빙하기 때처럼 한 순간 지구가 얼어버리는 지각변동이 재현될 거라고 단정 짓는 것은 무리다. 하지만 징후가 자주 보이면 지각변동이 일어날 수 있는 가능성이 높아지고 있는 증거라는 가설을 배제할 수는 없다. 나와 아사이클로버 복용을 공유하고 있는 설빈이와의 동거가, 내가 은닉하고 있는 J의 명의의 열 개도 넘는 통장보다도 더 뚜렷한 파멸의 증거가 될 거라곤 J는 절대로, 절대로 예측하지 못했을 것이다.

J가 청와대 마크가 찍혀있는 시계를 손목에 차고 나타났다. 명품 이상의 가치가 돋보이는 시계였다. 최고의 권력자와 자리를 함께 하는 J가 다시 보였고 네 식구를 부양하는 것도 힘겨워하던 남편과 대조됐다. 타인과 비교를 하게 되니 남편이 더욱 무능하고 한심하게 여겨졌다. 흔들리던 애정의 위치가 뒤바뀌게 된 것도 그즈음이었다. J는 시간이 갈수록 오만해져 갔다. 한국으로 나오

면 대놓고 나를 무시했다. 소리를 지르기도 하고 호텔을 나서며 자기가 벗어놓은 속옷을 빨아놓으라고 했다. 그럼에도 나는 J 곁을 쉽게 떠나지 못했다. 청와대 출입이 자유로운 J의 지위가 나와 아무 상관이 없음에도 그의 모습을 바라보는 것만으로도 난 행복했다. 정신적으로 J의 노예가 되었음에도 벗어날 수가 없었다. 실은 나는 갈 곳이 없었다. 남편에게도.

J가 벗어놓은 바지를 다림질하던 날, 바지에서 기다란 여자의 머리카락이 천 안에 박혀있는 것을 발견했다. 노란색에 가까운 염색 머리카락은 분명 내 머리카락과 다른 것이었다. 옷감에 박힌 여자의 머리카락을 손가락으로 집어 들었다. 누구였을까. J의 허벅지에 머리를 대고 누웠던 걸까. 나는 화가 나지 않았다. 나도 그녀도 모두 J의 아내가 아니었으니까.

싫으면 내가 떠나야 하는 것이 순서였다. 오히려 그건 은근히 J가 바라던 것이었다. 내가 알아서 떠나주길, 붙잡을 생각도 없고 이미 나를 통해 자신이 원하는 것을 얻게 되었으니 시간이 갈수록 내가 자신의 곁에 머무는 걸 부담스러워했다. 노골적인 J의 변심에 나도 오기가 생겼다. 나도 J에 대한 감정은 이미 오래전에 사라졌다. 속으로는 누군가에게 내가 J와 함께 있는 것을 들켰으면 했다. 내가 잃을 거라곤, 나의 부정을 못 견뎌 할 남편과의 파탄이 전부겠지만 J는 그동안 쌓았던 사회적 공적을 모두 잃어야 한다. J가 나를 쉽게 내치는 못하는 이유였다.

그래서 J는 나를 의심했다. 자신의 물건에 손을 댄 흔적이 있는지 없는지 내 앞에서 확인을 했다. 마치 자신의 물건에 손을 대지 말라고 암시하듯 서랍을 열어 신용카드가 원위치에 놓여있는지, 옷장을 벌컥 열어 안에 없어진 물건이 혹시나 있나 눈으로 훑었다. 노골적으로 나를 의심하는 J가 한편으로는 이해가 됐다. 내가 미덥지 않은 것은 나의 변심을 눈치채서라기보다는 사람을 믿을 수 없는 자리를 얻게 되었기 때문이었다. 하지만 임기가 끝나도 연임을 하고 싶었던 J의 욕망은 이미 파멸의 돛을 달고 있었다.

어이없는 답변을 하는 J의 국정감사 광경을 보고 있는데 밖에서 누군가와 한참 동안 통화를 하던 설빈이 사무실 안으로 들어왔다. 그리곤 소리쳤다.

"어, 저 아찌가 왜 저기 있어?"

그녀도 나처럼 컴퓨터 화면을 보았다. 때로는 죽지 않아도 지옥을 경험할 때가 있다. 마치 소리는 들리지 않고 입모양만 뻐끔거리는 깊은 해저 바닥에 앉아있는 것 같았다. 설빈의 얼굴을 돌아다봤다. '아찌'라는 호칭을 외치며 J를 알아보는 그녀에게 나는 천천히 물었다.

"누…구…, 말…하는 거야?"

영혼 없는 오브제

다들 내게 묻는다. 어떻게 노숙자들과 함께 지내며 촬영을 할수 있었냐고. 처음엔 숨을 쉬는 것조차 힘겨웠다. 오랫동안 씻지 않은 노숙자의 고린내는 말로 표현할 수가 없다. 그게 어떤 체취인지는 설명할 수 없고 실제로 맡아봐야 한다. 역겨운 냄새는 숨을 참는 것밖엔. 하지만 들숨 날숨을 참는 것도 한도가 있는 법이다. 나중엔 내가 숨이 막혀 죽을 것 같으니 그냥 공기처럼 들이마셨다. 코를 찌르는 고약한 냄새는 신기하게도 노숙자 바로 옆에 있을 땐 맡아지지 않는다. 몇 발자국 그 곁을 벗어나야 코안으로 꼬리한 썩는 냄새가 훅 들어온다. 하지만 노숙자는 아우라처럼 사방으로 퍼지는 자신의 체취를 맡지 못한다. 그러니 그 냄새 때문에 다른 사람이 고통스러워한다는 걸 어찌 알겠는가.

부패한 건 냄새를 풍기기 마련이다. 옳지 않은 건 썩기 마련이고 썩은 건 냄새를 감출 수 없다. 삶의 순환은 사계절이 바뀌는 것처럼 낭만적이지 않다. 오르막이 있으면 내리막이 있는 법이다. 아무리 탐이 나도 권력의 자리는 영원하지 않다. 오히려 무력으로 움켜쥐면 썩기 마련이다. 본인만 부패의 냄새를 맡지 못할 뿐이다. 불의를 일삼는 부정을 보고 있어야 하느냐, 냄새난다고 소리쳐 외쳐야 하느냐 하는 건 개인의 선택에 달려있다. 나는 전자를 택하기로 했다. 입을 꾹 다물고 눈을 감기로.

집 앞 쓰레기 더미에 똥파리가 꿴다고 대한민국 전체가 오염됐다고 할 수 없듯이 한두 사람 썩었다고 소리치면 외치는 사람만 병신 될 뿐이다. 성희롱을 호소하는 여비서에 대해 꿈쩍하지 않는 세상의 논리는 어제오늘 이야기가 아니다. 시장의 죽음에 대해 남자는 물론이고 여자도 침묵했다. 오히려 진실을 밝히려는 노력보다는 진상을 밝히는데 시간을 끌어서 시민들의 기억 속에서 잊히길 기다리는 모양새다.

역사라고 불리어지던 시간 속에는 남자들이 있었고 그 뒤에 여자들이 웅숭그렸다. 간혹 여성 운동가들이 나타나긴 하나 그들 또한 별반 다르지 않다. 여성의 편에 설 것만 같았던 그들도 정계에 진출하기만 하면 여자도 남자도 아닌 권력의 편에 서있었다. 여자이면서 남자를 대변하는 일에 앞장서게 되는 모순을 탓할 수는 없다. 오랜 세월 주도권을 행사했던 남성 중심의 문화에 젖어들었을 테니 벗어나는 게 쉽지 않았을 것이다. 넥타이를 풀어헤치고 무지막지하게 달려드는 상급자를 뿌리칠 수 없는 것은 선택이라기보다는 오랜 생활 그렇게 길들여져 왔다. 길들여지면 저항할 힘도 잃는 법이다.

아찌? 동영상에서 국정감사를 받고 있는 J를 알아보는 설빈의 외침은 돌고래나 알아들을 수 있는 심해의 파장으로 내 심장에서 푸드득거렸다. 영화 한 장면처럼 그녀와의 첫 만남이 별똥별 떨어지듯 빠르게 망막에 펼쳐졌다. 약국 앞에서 나를 불러 세우며 아사이클로버를 건네던 그녀의 선심이 흐릿한 피사체로 스쳐 지났다. 결혼식 촬영하러 갔던 호텔 엘리베이터에서의 마주침이 우연은 아니었구나. 지금 이 아이가 왜 내 앞에 있는 건지, 믿을 수 없이 절묘한 운명을 앞에 두고 나의 심장은 자발성을 잃고 부정맥으로 마구 뛰고 있었다.

"야, 이제 보니 저 아찌 되게 능력 있는 사람이었구나!"

손이 떨렸다. J를 알아보는 그녀에게 어떻게 만나게 됐느냐, 언제 만났느냐, 확인하는 것조차 현기증이 일었다. 핸드폰이 물에 빠져 새로 샀다고 내게 자랑하던 날, 액정화면에 뜨던 전화번호 뒷자리가 얼핏 '낯이 익다' 생각했다. 새로 산 핸드폰 전화번호에 미처 이름을 입력하지 않았던 터라 이름 대신 번호가 떴던 그 번호, 분명 J의 전화번호였다.

"그, 그…래에? 잘 아는 사이야?"

"언니, 내가 말했잖아. 날 받아준 남자라고."

"그, 그 사람이 저, 사람이야? 언…제부터 만났는데?"

"글쎄…? 겨울이 시작되기 전이었나? 아! 맞다. 작년 11월 달이었지! 저 아찌 집이 미국이래. 크리스마스 때 가족 만나러 간다고 했었거든."

온몸의 기운이 땅 밑으로 가라앉았다. 내게 헬페를 옮겨준 매개자가? 실은 설빈였을지도 모른다는 가설이 망치로 한 대 얻어맞은 듯했다. 크리스마스, 가족 그리고 불결한 모텔. 다큐멘터리를 촬영하겠다고 LA에 머물 때 가족을 만나러 미국으로 온 J의 행적에 우리가 함께 삼각 구도로 연결되어있었다. 그녀가 J를 만나면서도 직업이 무엇인지 알 수가 없다는 건 당연하다. 휑하니 자신의 약점이 될 만한 것은 모두 치웠을 테니까. 내 앞에서 자신의 소지품을 뒤진 흔적이 있는지 샅샅이 확인하던 J였다. 남들이 다 한다는 SNS에 자신의 활동을 올리는 일도 일체 하지 않았다. 철저히 일대일로만 사람과 소통하는 치밀한 그가 여자를 집안에 들일 때 흔적을 보이겠는가. 그동안 복잡하고 마구 어질러졌던 마지막 남은 퍼즐이 딱, 제자리에 끼워졌다.

유튜브 동영상을 보며 J의 직업을 알게 된 설빈은 신이 난 모양이다. 그녀는 핸드폰의 전화버튼을 눌렀다. 설빈과 대화를 나누는 수화기 너머의 주인공이 J가 아닐 수도 있겠지만, 인생을 오래

산 여자가 보는 직관은 예리한 법이다. 핸드폰에 대고 투정하듯 밥 사달라는 설빈의 어리광을 나는 물끄러미 바라봤다. 통화를 끝내고 그녀는 파우치를 열어 화장품을 꺼내어 화장을 시작했다.

심신이 지쳐있을 때마다 나를 불러내던 J였다. 지금 국정감사로 전신의 피로가 아랫도리에 몰려있을 것이다. 촉촉한 점막에 고환에 고여 있던 정기를 다 쏟고서야 껴안던 팔에 힘을 빼던 J에게 지금 설빈이 달려가려 하고 있다.

명치끝이 답답했다. 점심으로 먹은 짜장면이 체한 모양이다. 의혹의 실마리가 설빈으로 비롯됐다면 그 가설을 확인해야 한다. 추측만으로 얼버무린다면 오해를 생산하기 때문이다.

"저, 근데 저 사람이랑 잠자리는 어…떻게, 그러니까…, 콘돔은?"

"내가 먼저 콘돔을 끼자고 했거든. 그런데 괜찮다고 해서 노콘이었지."

쿵, 머리에 내장된 모든 기관들이 내려앉았다. 콧속으로 숨을 길게 들이쉬었다 잠시 호흡을 참았다. 홍분된 감정들을 잠재워야 했다. 남편이 떠올랐다. 미안했다. 부부의 윤리를 저버렸다는 나의 부정은 어떤 변명으로도 가려질 수 없을 것이다. 그 점은 내 스스로도 이미 인정하는 일이고 부인하고 싶지도 않다. 그러나 남편에 대한 미안함은 지금의 복잡한 번민과는 상관이 없다. 아이들처럼 야망에 턱을 걸었던 욕심이 원망스러웠다. 모니터 화면을 초점 없이 바라보다 나는 눈을 감았다.

　비행기로 13시간 걸리는 태평양 너머의 J는 미지의 공간에 살고 있는 거나 마찬가지다. 그가 한국에 나와서 변장이 가능했던 이유다. 재빠른 변이로 현란하게 외모를 바꾸는 변장술을 갖고 있던 헤르페스바이러스처럼 철저히 자신의 사생활을 숨겼던 J다. 잠시 잠깐 한국을 왔다가는 그가 어떻게 사람을 이용하고 내치는지 절대 알 수 없다. 몸이 불편한 사람들이나 사회에서 소외된 약자를 위한답시고 후원자를 찾고 그 후원금으로 권력의 아성을 쌓는 사기꾼이라는 걸 좀처럼 발견할 수가 없는 일이다. 더군다나 미국에서 나타난 사람이니 그에 대한 뒷조사는 거의 불가능하다. 바다 건너에 J는 살고 있었다. 뒷조사를 하기에는 너무 먼 거리다.
　내가 J에 대한 평판을 듣게 된 건 한국이 아니라 LA 현지에 갔기 때문에 얻어들을 수가 있었다. 작정하고 뒷조사를 하려고 했던 것이 아니고 우연히 듣게 된 대화였다. 사실 미국에 사는 한국 사람은 같은 한국 사람이라고 해도 차이가 있었다. 시골의 한 촌락 같은 느낌이라고나 할까, 앞집 뒷집이 시누이올케 사이고 담장 너머에 큰아버지, 조카가 어울려 사는 집성촌구조였다. 감정싸움으로 얽히게 되면 더 이상 그 마을에서는 살 수가 없게 되는 시골 정서가 느껴졌다. 옳지 않더라고 친족 간으로 엮여있는 시골 어른들은 자기끼리만 챙기고 타지인은 상식과 상관없이 철저히 배척하는 고집스런 텃세 문화가 느껴졌다. 알면서도 입을 다문다고 해야 하나, 아무튼 나는 한인 중에 영상에 담을 만한 사람을 찾기 위해 단체 모임에 넙죽넙죽 참석을 하게 됐다. 한국에서 왔다는 소개를 하면 반갑게 나에게 다가와 아는 척을 해주는 분들이 많아 어색한 분위기는 금세 벗어날 수가 있었다. 10명이 앉는 원탁 의자에 앉은 사람들이 정겹게 앉아 담소를 나누게 되었고 나는 어정쩡하게 그들 대화를 듣게 되었다.

"정구경, 그 사람 대단하지."

"암, LA에서 그렇게 진출한 한인이 드물잖아!"

"무슨 소리야, 그 인간이 어떤 인간인데?"

"뭔 소리야? 흠이 없는 사람이 어딨어? 그런 헛소리해서 괜히 한인들 이미지 실추시키지 말라고."

그들이 걱정하는 건 정의가 아니라 한인들의 이미지였다. 미국에 사는 한인들이 손가락질받게 되는 게 명예롭지 못하니 웬만하면 눈을 감자는 분위기였다. 난 행사가 거의 끝날 때쯤 슬쩍 자리를 옮겼다.

"아까 옆에서 듣자니, 정구경 씨에 대해 뭔가 불만이 많으신가 봐요?"

"사람들은 그놈을 대단하다고 여길지 모르지만… 난 아냐."

"그럴 만한 무슨 사연이라도 있어요?"

"아, 글쎄 나한테 책이 필요하다나, 그래서 구해다 줬거든. 그 책이 말하자면 한인 역사를 한눈에 볼 수 있게 만든 자료집이라고. 그게 내 책이 아니라 나도 아는 사람한테 빌렸던 건데…, 그 책을 빌려 가서는 글쎄, 난도질을 해놨더라고."

"난도질이요?"

"자기가 필요한 사진을 다 칼로 죄다 오려서… 내 책도 아닌데, 너덜더덜 엉망으로 만들어서 갖고 왔어. 얼마나 황당한지, 나도 그 책을 빌린 거 아냐? 그 책을 나에게 빌려준 사람에게 미안해서 지금도 내가 그 책 주인을 피해 다니고 있어. 정구경이라는 그놈, 남의 사정이라곤 일절 봐주지 않는 아주 이기적이고 비정한 놈이라고. 그런 놈이 어째 한국 정부에 가서 감투를 쓰고 있나 몰라. 당해본 사람이나 그놈이 어떤 놈인지 아는 법이지."

국정감사에서 J의 답변은 사람들 앞에 자신의 가면을 스스로 벗는 결정적인 실수가 되고 말았다. 직원들 앞에서는 의로운 척 절제된 행동을 보였던 철저한 자기 관리도 기획된 게 아닌가 하는 의혹을 품게 만든 실수를 범하고 만 것이다. 사람들의 반응이 거세지자 급기야 국방부 장관이 사과를 하고 사태 수습에 나섰다. 장관이 나서니 J도 적잖이 당황했으리라.

며칠 후 국정감사는 다시 개회됐다. J도 등장했다. 지난번과는 사뭇 달라진 태도였다. 실수라고 여겼는지 J는 실언에 대한 변명을 늘어놓았다.

"저는 수차례 직원들에게 했던 얘기가 있습니다. 우리는 대통령의 통치철학, 장관 지위 방침, 이것에 입각해서 임무를 수행해야 한다. 내가 내리는 지시가 이 내용 중에 하나라도 위배되면 이행하지 말라. 나의 지시가 윗분의 의견과 지휘방침과 다르면 나의 의견은 의미가 없다고 회의시간에 강조했습니다. 그러므로 지난번에 밝혔던 제 의견은 이제는 의미가 없다고 생각합니다."

자기 스스로 권력의 개가 됐다고 밝히는 J의 역겨운 국정감사 장면을 보고 있자니 먹은 밥알이 위 안에서 알알이 곤두섰다. 기다렸던 순간은 아니지만, 내 눈에 이런 날을 목도하게 되리라곤 짐작하지 못했다. J는 자신의 소신을 직설적 화법으로 말하지 않았다. 자신의 생각을 누군가에게 지시했노라고 표현했다. 자기가 아랫사람들에게 그렇게 얘기했으니까 직원들에게 확인하라는 뜻인가? 아니면 직원들과의 유대관계가 좋다는 것을 과시하는 것일까. 얼마나 직원들과 가깝게 지냈기에 자신이 직원들에게 내린 지시라는 것을 강조할까? 물론 직원들과 신뢰가 쌓여있겠지. J가 모든 이에게 나에게 했던 것처럼 단무지 빨 듯 착취만 일삼는 것은 아니었다. 등급별로 사람을 관리하는 J는 이 세상에 더도 없을 존경받을 만한 도덕적인 사람으로 연출하기 위해 계산기를 사용했을 것이다. 다음을 위해, 아니면 지금까지 자기를 후원해준 대가를 적당히 보상하기도 한다. 물론 그건 자신의 돈으로 보상하는 건 아니다. 자신의 지위를 이용해서 국가가 주는 상을 받을 수 있도록 추천서를 써준다든지, 진급할 수 있도록 은밀하게 지시를 내리는 것이다. 진급과 포상, 그 방법은 아주 적절하고 유용해서 또 다른 올가미를 씌우는 일이 된다. 소수의 사람에게 보상을 해주면 저절로 자신의 방패막이가 생겨난다. 직원들 사이에 일어나는 모든 소식을 전해 들을 수 있으며 자신에게 향한 불만이 저절로 아랫선에서 무마가 된다. 자신의 성욕을 지능적으로 해결했던 J였다. 어떤 분위기에서도 흐트러짐 없는 깔끔한 매너를 보여주며 마치 도덕적으로 흠결이 없는 상급자인양 행세하던 그도 국정감사라는 뜻밖의 장소에서 스스로 가면을 벗는 난국을 만나고만 것이다. 자기의 지시가 현 정권과 맞지 않으면 자신에게 뭐가 잘못됐는지 의논하자고 직원들에게 강조했다며 스스로 자신이 권위적이라고 실토하는 J의 답변을 듣는 동안 내 두 눈에서 뜨거운 액체가 흘러내렸다. 그건 눈물이 아니었다. 응어리진 분노였고 그동안 기만당했던 나의 어리석음에 대한 애끓는 반성이었다.

강남의 밤거리에 내동댕이쳐졌던 쓸쓸했던 그 어느 날 밤이 떠올랐다. 어리석다는 인정만으로는 위로가 되지 못하던 그 어둠은 기억에서 삭제되지 않았다.

나는 영혼 없는 오브제였다. J의 손가락에 매달려 손짓 발짓 팔다리를 움직이는 인형에 지나지 않았다. 기혼자였던 나는 가려진 병풍 뒤에 숨어야 했으니 없는 사람 취급을 받아도 항의할 수 없었다. 한심했다. 내면에서 울분이 치밀어 올랐다. 내 마음의 소리가 외치는 건 J의 몰락이나 파멸이 아니라 나 자신에 대한 연민이었다. 착취를 당하는지도 몰랐던 나의 무기력이 불쌍했다. 위력이라는 암시를 보내면 물리적인 힘을 가하지 않아도 여자들은 무기력 상태에 빠지게 된다는 것을 J는 알고 있었다. 난 사랑이라고 해석했던 그 감정이, 불륜이라는 단어로 세상에서 비난받아야 하는 행위가, 해충처럼 내 마음에 달라붙어 내 뜨거운 심장을 갉아먹고 있었다. 술에 취해 비틀거리는 사내들의 헝클어진 걸음걸이를 피해 뛰었다. 내일은 오지 않을 듯 정신줄을 놓은 사내들 사이를 헤치고 미친 여자처럼 막차를 향해 뛰었다. 저 마지막 버스를 타야만 한다. 비열한 한 인간 때문에 거리에서 산산이 찢기고 먼지처럼 흩어질 수 없었다.

  ─ 와~ 발 빼는 거 봐.
  ─ 상관에 대한 충성심은 대단하네.
  ─ 저런 자를 권력의 개라고 하는 거지.
  ─ 대통령이 지시하면 자신의 발언은 무의미하다는 게 무슨 말 장난이야?

- 자신의 소신을 실언이라고 엿 바꿨네.

　- 정구경 위원장은 자신의 발언에 대해 국민에게 상처를 준 것을 사과해야 한다.

　- 저 말을 듣고 있었던 직원들도 황당했겠다.

　댓글폭탄이 소화제였다. 스마트폰으로 국정감사 동영상에 달린 댓글들을 읽으며 카타르시스마저 느껴졌다. 폭로할 용기가 없는 소심한 자가 누리는 대리만족이라고나 할까, 핸드폰 불빛이 새어나가지 않도록 이불을 뒤집어쓰고 밤새 댓글을 읽었다. 아침에 눈을 뜨자마자 J의 이름을 검색을 했다. 잠을 제대로 못 잤더니 징후가 느껴졌다. 엉덩이 주변에 느껴지는 바이러스들의 꼬물거림. 녀석들이 활동을 시작한 모양이다. 부드러운 점막으로 침투한 바이러스는 교묘한 놈이다. 피부가 아닌 점막을 통해 인간의 몸을 숙주로 삼고 살아갈 생각을 하다니 지독한 놈들이다. 아사이클로버도 다 떨어졌는데 어쩌지. 다시 강남으로 향했다.

　"마침 제게 제약회사에서 샘플로 나온 약이 있으니 그걸 공짜로 드릴게요. 요새 비타민C는 많이 챙겨먹고 있죠?"

　나의 건강을 챙기는 닥터 민의 관심은 인간미가 흘렀다. 그녀가 마스크를 벗었다. 그녀의 온화한 미소에는 인자한 품성이 전해졌다.

　"헤르페스하고 코로나하고 다른가요?"

"같은 바이러스라고 해도 성질이 다르죠."

의사는 헤르페스 바이러스가 몸 안에 들어오면 워낙 빠른 속도로 변이를 일으키기 때문에 면역체계가 미처 준비하기도 전에 신경절에 잠복을 하는 것을 막을 수가 없다며 운을 뗐다.

"항체가 생겨도 재발을 막을 수 없는 건 면역체계가 도달하지 못하는 곳에 헤르페스가 기생하기 때문이라는 것이 지금까지 밝혀진 학계의 보고예요. 그런데 그 바이러스의 움직임을 감지하는 물질이 면역시스템에 있다는 것이 밝혀졌어요."

"그래요? 그럼, 치료제도 곧 개발되겠네요?"

"그걸 기대해야죠. 문제는 그 면역체계는 바이러스가 활동하지 않으면 알아차릴 수가 없다는 거예요."

"그게 무…슨 뜻인가요?"

"바이러스는 신경절에 잠복을 하고 죽은 듯이 있거든요. 물리적으로 그놈들이 활동하도록 유도를 해야 한다는 말이지요."

깨워야 한다. 숨어있는 바이러스를 깨워야 한다는 그녀의 설명은 마치 나에게 하는 말 같았다. 숨기지 말고 드러내라. 은폐되고 가려진 것을 흔들어 추종하고 있는 인식하지 못한 채 감성을 착취당하는 선량한 사람들을 구해내라는 소리로 들렸다.

"그런데…, 보균자가 자신이 보균자라는 사실을 모를 수도 있나요?"

"증상이 나타나지 않아서 모르고 넘어가는 남자들도 많아요.

무증상이니까 사람들에게 바이러스가 자꾸 전파되는 거지요."

나는 쑥스럽게 말도 안 되는 소리를 웃음을 흘리며 말했다.

"남녀의 만남 전에 성병검사 진단서를 교환해야겠군요."

"맞아요. 젊은 성인의 건강을 위해서라도 성 접촉을 통해 전염되는 2종류의 헤르페스 바이러스에 대한 교육이 절대적으로 필요하죠. 그래야 전파되는 것을 막을 수 있겠지요."

"그런 교육을 어디서 주관해야 하나요?"

"교육이라기보다는 시민의 자발적인 보건의식이 필요해요. 아시다시피 헤르페스 감염이라고 하면 드러내기를 꺼려하는 민감한 부분 아니겠어요?"

맞는 얘기다. 나부터도 남편에게 아직 고백을 하지 못했다. 뭐라고 털어놓겠는가. 무작정 남편을 피해 다닐 수만도 없다. 지금은 코로나19로 늘어난 택배 물량 때문에 몸이 피곤해서 나를 찾지 않아 다행이지만 도망치는 것도 한계에 달했다.

흔들거리는 전철 벽에 어깨를 기댔다. 떠올려봐야 마음만 쓰라린 생각들이 어깨에 힘을 뺐다. 헛것을 보듯 마스크를 쓴 승객들이 영안실 직원처럼 보였다. 전철의 종착지는 지옥으로 향하듯 급행으로 달려갔다. 누군가의 실패를 꿈꾼다는 것, 누군가의 몰락을 숨죽이고 기다리고 있다는 것, 너무 끔찍하지 않은가? 비참하다. 속 좁은 상상이나 하며 쓰린 가슴을 달래다니.

인도주의자이고 휴머니스트라는 것을 나타내기 위해 애를 썼던 J. 먹고 사는 일에만 신경 쓰는 내가 넓은 세상을 바라볼 수 있도록 눈을 뜨게 만든 J. 대단하게만 보였던 그가 조열함 그 이상도 그 이하도 아니라니. 원래 그는 오만했다. 내 앞에서 토요일인데도 업무를 빙자해서 여직원에게 전화를 걸었다. 업무 시간이 아닌데도 여직원에게 전화를 걸던 J를 멀거니 바라만 보았다. 30분이나 넘어서 끝난 대화, 자신도 무안했던지 통화가 끝나고 그 여직원이 유능해서 타지 파견 근무에서 제외시켰노라고 나한테 설명했다. 유능해서가 아니라 자신 곁에 두고 싶었겠지.

그런 무시를 당하고도 J를 받아준 내가 어리석고 나를 투명인간 취급하는 J에게서 벗어나지 않았던 게 최대의 실수였다. 비참했던 마음을 감추고 애써 쿨한 척, 아무렇지 않은 것처럼 행동했던 내가 바보다. 나는 돈을 벌기 위해 성매매를 하는 여자보다 더 못한 존재였다. 윤락녀들은 돈이라도 벌지, 나는 돈을 써가면서도 인격적인 대접을 받지 못했다. 오래토록 공들였던 시간과 열정, 물질을 되찾겠다는 욕심만 세우지 않았어도 이지경이 되진 않았을 텐데. 가방 안에 들은 아사이클로버 경구약을 손으로 만지작거렸다. 나는 지옥으로 달려가는 열차를 탔다. 이젠 내릴 수도 없다.

재수가 안 좋은 날은 시작부터가 불편하다. 아침에 옷을 뒤적이던 남편이 소리를 지른다. 작업복을 왜 안 빨았냐는 것이다. 아차, 매일 저녁에 땀에 찌든 작업복을 세탁했어야 하는데 깜빡했다. 되레 나도 목청을 높였다. 사람이 화가 나면 멈출 때를 구별하지 못하게 된다.

"궁상떨지 말고 작업복 하나 더 사!"

"그만 신선놀음하고 이제 살림 좀 해라, 살림!"

"아니, 말이면 단 줄 알아? 신선놀음이라니?"

"신선놀음이 아니고 뭐야? 그렇게 폼잡고 싶으면 돈 많은 놈을 구하던가."

용서가 끝까지 안 되는 남편이다. 난 J도 억울하지만 남편도 더더군다나 싫다. 이제 와서 돈 많은 남자를 구하라니, 남자라는 인간들이 어째 하나같이 무책임한지 속에서 열이 머리끝까지 올라왔다. 그러잖아도 사무실에서 철수할까 고민하고 있던 중이었다. 새 세입자가 들어올 때까지 쓰라고 했지만 그래도 그동안 꼬박꼬박 임대료를 밀리지 않고 상가주인에게 갖다 주었다. 촬영 수입이 넉넉하지 않아도 반찬값을 벌 정도는 됐는데 겨울을 버틸 수 있을지가 걱정이었다. 코로나로 격리를 강조하는 분위기로 봐서는 연말모임도 줄줄이 취소될 것 같았다. 연말모임이 없다면 나 같은 업종은 망했다고 봐야 한다. 아침부터 한바탕 서로의 속을 강철 수세미로 박박 긁었으니 심사가 편치가 않았다. 일거리가 없는데 사무실에서 하루종일 빈둥거릴 생각을 하니 더 짜증이 났다. 화가 났다. 밤새 뒤척이며 고민해도 기가 막히다는 것 말고는 얻어진 결론은 없다. 밤새 몇 번씩 찬물을 들이키고 화장실을 들락거리다 새벽을 맞이했다. 잠을 제대로 자지 못했으니 얻어맞은 것처럼 몸이 찌뿌둥하다.

설빈의 화장기가 오늘따라 더 화사하다. 사랑스럽던 그녀였는데 이젠 그녀의 미소조차 밉다. 억지웃음조차 나오질 않았다. 굳은 표정에 그녀가 내 눈치를 살폈다.

"언니, 어디 아파? 왜 그리 화가 나있어?"

"화는 무슨….."

"기분이 안 좋아 보여."

따지고 보면 그녀한테 화를 낼 일은 아니지. 내가 J라는 사람과 어떤 관계였는지 말해주면 뭐가 달라질까? 참자. 어른답지 못한 처신이다.

"설빈아, 우리 밖으로 나가자."

"이, 아침에?"

"아침 산책이나 좀 하지 뭐. 야외활동을 제대로 못했더니 햇빛을 좀 쫴야겠어."

그녀와 나는 동네 뒷산으로 향했다. 가는 길에 아메리카노 커피도 샀다. 늦가을로 접어드는 풍경은 아름다웠다. 명산만 찾아다니는 사람들은 동네 뒷산은 하찮게 여기는지 사람들의 발길이 뜸한 장소다.

"여기, 아주 좋은 데? 자주 와야겠네."

"그 사람은 어떻게 만났니?"

"누구? 그 아찌?"

"은행에서 나오는데 현금지급기 앞에 서있더라고. 지나가는 나더러 볼펜을 좀 빌려 달래서 줬더니 종이에 자기 핸드폰 전화번호를 적어줬어."

"그래서?"

"그래서 연락했지, 뭐. 밥이나 사달랄까 하고."

"그랬구나."

"왜? 그 사람에 대해 알아?"

"아, 아니. 알긴, 몰라."

"근데, 그 사람 좀 이상하긴 했어."

"뭐가?"

"처음 만난 날에, 자기 방에 뭘 두고 왔다고 해서 잠깐 같이 가자고 해서 따라 들어갔거든. 근데 세간이 아무것도 없는 거야. 이게 뭐지?"

"세간이 없다고? 그럴 수가 있어?"

"정말이라니까, 가족이 미국에 있다는 것만 알 뿐 다른 건 일절 말해주지 않았어. 직업이 뭔지도 모르고 단지 볼일이 끝나면 용돈 하라고 돈을 건네긴 했어."

"용돈?"

J가 돈이 없어서 나에게 돈을 쓰지 않았던 게 아니었다. 모든 걸 알아서 갖다 바치는 나에게는 돈을 지불할 필요가 없었으니까.

"근데 말야. 어저께 내가 아찌한테 유튜브에 나온 거 봤다고 하니까 엄청 놀라는 표정이야. 놀라는 게 아니라 뭐랄까, 무서웠어. 난 장난으로 그랬거든."

"뭐라고 했는데?"

"난 장난삼아서, 정말 장난이었거든. 청와대 가서 내가 아찌 사귄다고 말할 거라고 했더니 나를 바라보는 표…정이 섬뜩해서… 나도 정말 놀랐어."

"그래?"

미워할 수 없는 그녀였다. 무책임하다고 비난을 하고 싶지만 J에게 자신은 헬페 보균자라고 밝혔으니 상식이 없는 아이는 아니다. 예전의 나처럼 그녀도 J의 허구에서 허우적거렸다. 그녀도 조만간 J에게 내쳐질 거라고 생각하니 안 됐다는 동정심도 들었다. J의 임기가 끝나 이제 곧 한국을 떠날 시기가 왔으니 굳이 J에 대한 정보는 알려주지 않는 게 나을 듯했다. 코로나로 인해 여행이 자유롭지 않은 시절이니 미국으로 떠나면 관계도 자연스레 멀어지겠지.

산책로가 거의 끝나갈 지점에 다다랐다. 으슥한 산기슭에 허름한 집 한 채가 눈에 들어왔다. 가끔 산책을 했어도 이렇게 끝자

락까지 올라온 적이 없었기에 오도카니 산기슭에 자리 잡은 산채에 눈길이 갔다. 버려진 조각으로 보이는 나무판에 '산장 카페 식사 가능'이라고 적혀있었다.

"어머, 언니! 여기 식사도 되네? 여기서 점심 먹자."

설빈이가 내 팔을 잡아끌지 않아도 나도 궁금했다. 음식점이라기보다는 살림을 하는 집처럼 보여서다. 산자락 식당 문을 열었다. 작은 얼굴에 잘 어울리는 보라색 모자를 쓴 여인이 우리를 맞이했다.

"이런 곳에 식당이 있을 거라곤 전혀 생각을 못했어요."

"그냥 제가 만든 반찬 몇 가지 내놓는 거예요. 어차피 혼자는 다 못 먹거든요."

나뭇결대로 자른 식탁은 딱 3개였다. 돈을 벌자고 차린 식당은 아닌 듯 보였다. 있는 반찬 내준다는 주인의 말은 겸손이었다. 얼큰한 돼지 김치찌개에 곁들인 밑반찬들은 장아찌 박람회처럼 현란했다. 콩을 섞은 잡곡밥은 집에서 먹던 밥맛이 아니었다. 밥 한 공기로는 모자랐다.

"이렇게 많이 주시고 뭐가 남겠어요?"

"자연이 공짜로 주는 건데요 뭘. 봄이 되면 이 산 주변이 온통 찬거리로 흐드러지거든요."

어꾸수한 식사를 마치자 맛보라며 주인이 약초 말린 찻잎을 내왔다. 산 기운이 느껴져서인가 음식을 많이 먹었는데도 속이 부대끼질 않았다. 주인의 인상을 닮아가듯 심신이 편안해졌다. 마른 체형의 용모에서 풍기는 그녀의 분위기는 묘했다. 음산한 것도 아니고 우울한 것도 아니다. 그렇다고 웃음이 헤프거나 표정이 밝은 것도 아니었다. 절제가 몸에 배어 있는 주인의 손길에는 정감이 녹아있었다. 찻잔 언저리를 손가락으로 돌리던 설빈이 묻지도 않은 이야기를 불쑥 꺼냈던 것도 그 때문이리라.

"언니, 우리 집이 좀 살았거든. 그런데 아버지가 교통사고로 있는 재산을 다 까불리고 돌아가시고, 무용을 전공하려고 했던 걸 포기하고 서울로 올라오게 됐어."

무용을 배울 만큼 유복한 집안의 막내딸이었던 그녀의 인생은 교통사고로 인한 아버지의 병치레로 꼬였다고 했다. 환상을 갖고 있던 방송국 진출은 인생의 밑바닥을 보게 만들었다며 실망스러워 세상을 원망할 기운도 잃었다고 푸념했다. 그녀의 말을 잠자코 듣던 산장주인이 나직하게 말했다.

"불의를 부르짖는 것도 기운이 있어야 할 수 있어요."

그녀는 처음 보는 우리에게 자신의 이야기를 담담하게 들려주었다. 덧붙여 '이념은 위험하다'며 그녀는 한쪽 무릎을 세워 가슴으로 끌어안으며 창밖으로 시선을 돌렸다. 그녀는 분명 바깥 풍광을 보는 게 아닌 듯했다. 곧이어 그녀는 '이념은 자기가 옳다는 관념에 빠지기 쉽다'고 뒷말을 이었다. 그녀가 젊은 시절 학생운동 주동자였다는 게 믿어지지 않는다. 웬만한 남자가 들면 번

쩍 들릴 것 같은 작은 체구에서 데모를 했을 그 어떤 거친 흔적도 엿보이지 않았다. '함께 뒹굴며 뜻을 같이 하던 학우들의 외침은 젊은 시절의 유행 같은 것'이라고 나를 돌아보며 미소 지었다.

"사회 불평등을 척결하자더니 다들 졸업하고는 슬금슬금 국가 요직에 오르더군요. 이념을 위해 싸웠던 운동을 자신의 영달로 사용할 줄은 몰랐지요. 그 모순을 뒤늦게 깨닫게 되고는 머리를 깎고 절로 들어가려다가 이곳에 자리 잡았어요."

도라지꽃 빛깔의 모자를 쓰고 있는 산장주인에게서 어딘가 모르게 수행승 같은 분위기가 엿보였던 게 엉뚱한 짐작만은 아니었다.

"학우들의 변절로 마음에 상처를 입으셨나요?"

"처음에는, 화가 났죠. 그래서 산…으로 도망 왔어요."

"도망요?"

"뭔 일이라도 저지를 것만 같아서….."

대화 도중에 설빈의 핸드폰이 진동으로 울렸다. 힐끔. 액정화면에 '아찌'라는 글자가 떴다. J였다. 핸드폰을 들고 문밖으로 나가는 그녀의 뒷모습을 바라보았다. 산장 여인의 얼버무림을 더 캐묻고 싶었다. 하지만 산장여인과의 대화는 맥이 끊겨 더 이상 이어지지 못했다. 미열처럼 현기증이 올라왔다. 아직도 내게 J에 대한 감정이 남아있었나? 맥박이 빨라졌다. 조금 전 입가에 머물던 행복감이 싸늘하게 식었다. 아무렇지 않을 수는 없겠지만 아직도 툭툭 털어버리지 못한 밀회의 찌꺼기가 불편하고 소름이 돋았다. 섬뜩한 장면으로 여운을 남기고 끝나는 미스테리 영화를 보는 것처럼 개운치 않았다. 뭔가 이 기분은? 나는 여전히 그 무기력에서 벗어나질 못하고 있었다. 뭔 일이라도 저지를 것 같았다는 산장주인의 심정이 이런 거였나? 내가 로스앤젤레스로 떠났던 그때, 나도 그랬다.

전화 통화를 끝낸 설빈이 사무실로 가자고 재촉했다. 산장주인과 마무리 짓지 못한 대화가 아쉬웠다. 그래도 자리를 털고 일어나야 했다. 혼자 상처를 쓰다듬고 위로하느라고 이 산속이 무섭지도 두렵지도 않다는 산장주인을 산에 두고 설빈과 나는 사무실로 돌아왔다. 사무실로 돌아오자마자 그녀는 콤팩트를 꺼내 분가루를 묻혀 얼굴에 덧발랐다. 눈썹을 아이펜슬로 정교하게 다듬고 립스틱을 발랐다. 이제 곧 그녀가 향하는 곳은 강남, 그리고 호텔 10층이리라.

그녀가 밖으로 나간 후, 나도 사무실 문을 닫고 집으로 갔다.

그날 이후 그녀는 돌아오지 않았다. 주인 없는 가방만 사무실에 놓여있었다.

이발사의 침묵

안동의 고풍스러운 저녁이 처마 끝에서 저물었다. 고적감이 감도는 툇마루에 설빈 대신 내가 앉았다. 국수를 말아주겠다는 이남희 여사의 배려를 거절할 수가 없었다. 이미 끊어놓은 KTX열차 예매표가 마음에 걸렸으나 거절하지도 못하고 엉거주춤 툇마루에 걸터앉았다.

"오늘 큰댁이 제삿입니더. 마침, 내 얻어온 제사음석도 있다카이. 쬐메 기다리시소."

큰댁? 친척이 가까이 사나? 이 여사가 말하는 큰댁은 내가 이해했던 그 큰집이 아니었다. 부엌에서는 물 끓는 소리가 들리고 도마소리가 집에 돌아온 딸을 대하듯 경쾌하다. 신 김치를 고명으로 얹은 멸치국수를 들고나오는 설빈 엄마는 하룻밤 묵고가라며 젓가락을 내 손에 들려준다.

"이 국시 한 그릇 묵고 밤이 늦었으끼니 여그서 자고 가도 되니더.”

미적거리는 사이 이미 예매했던 그 시각의 KTX 열차는 떠났다. 국수 국물까지 남김없이 들이킨 나는 이 여사가 권하는 대로 하룻밤 신세를 지기로 했다. 옛집에서 풍겨 나는 신기함은 단연코 미닫이 문이다. 창호지 바른 문을 밀며 방안으로 들어가는 이 여사 뒤를 따랐다. 설빈이가 쓰던 방이라며 이 여사가 이부자리를 폈다.

“고마, 나 땜시 설빈이가 집을 떠났시더.”

자신이 작은댁이 되어야 했던 속사정과 본처와의 갈등으로 설빈이가 힘들어했다는 사연은 뜻밖이었다. 그녀의 생부는 멀쩡하게 생존해있었다. 그녀가 들려줬던 아버지가 교통사고로 사망했다는 이야기는 그녀가 지어낸 이야기였다. 서녀였던 자신의 처지를 거부하고 싶었던 걸까. 저항이 큰 만큼 허황된 꿈이 자리 잡는 법이다.

“인물이 반반하니끼니 헛바람이 콧구멍에 들어가 고마, 서울로 가삐리심더.”

어디선가 찬바람이 코끝에 느껴졌다. 창호지로는 바람막이가 되지 않은 모양이다. 어깨에 내려앉는 냉기가 외풍 때문만은 아니라는 생각이 들었다. 얼음을 끌어안은 것처럼 가슴이 시렸다. 큰댁의 집안일을 거들며 종갓집 곁방살이처럼 근근이 살아가는 설빈네의 고단한 삶이 가슴에 머물렀다.

"서울 가서, 고마 울 딸래미를 만나게 되걸랑 집에 좀 퍼득 다녀가라고 말 좀 전해주이소."

"네, 그럴게요."

"요즘 뭐이 그리 바쁜지…, 돈도 보낼 때가 됐는디 이저꺼정 연락이 없시더. 내사마 걸뱅이되겠시더."

대문 앞에서 집었던 고지서가 떠올랐다. 서울에서 딸이 부쳐주는 생활비만 기다리는 설빈의 모친에게 딸의 실종을 알려 줄 수는 없었다. 안동에서 서울로 돌아오는 그 여행길에서 나는 내게 묻고 답했다. 잘못된 것을 알고도 모른 척하는 건 불의한 거라고.

설빈 집에서 나오자마자 나는 택시를 타고 하회마을로 향했다. 실종된 설빈 때문에 내려온 안동행이었지만 지배계층과 피지배계층의 흔적이 고스란히 보존되고 있는 양반들이 거했던 고택을 둘러보고 싶었다. 독립운동을 했던 애국지사들의 후손들에 대한 영상을 만들면서 그때까지만 해도 안동이라는 동네는 내게는 풀리지 않는 미스테리였다. 신분계급이 철저하게 구분되었던 양반중심의 전통사회가 아직까지 맥을 잇고 있다는 것도 의아했다. 대를 이어 종으로 살아야 했을 노비들이 마음만 먹으면 얼마든지 고택을 부수며 한풀이를 했었을 텐데도 불구하고 양반의 모습은 양반 그대로 전통을 이었고 서민들은 그들대로 안동시장을 오가며 살아가고 있었다. 일제 강점기에 집안의 정기를 끊겠다고 철로를 놓아 반 토막이 되어버린 고택의 집 앞에 서서 영국 여왕이 친히 방문하던 이유가 관광지에 대한 호기심만은 아니라는 생각을 했다. 아마도 노비문서를 불사르던 주인의 결단에서 하인들은 분노를 분출할 대상은 자신의 상전이 아니라는 것을 분명히 목도했을 듯싶다. 신분의 높고 낮음 없이 인간의 도리는 양심의 다른 말일 테니 상민 계급이라고 해서 인간의 도리를 모르지는 않았을 것이다.

해망쩍은 나는 전생에 양반이 되고 싶었던 어느 상민의 딸이었는지도 모른다고 가물가물 여겼다. 그래서 곁눈질로 J를 바라보며 곁을 떠나지 못했던 거라고. 수단과 방법을 가리지 않고 권력의 자리에 오른 그를 통해 대리만족을 했던 나였다. 안동전통시장에서 하루 종일 놀았던 설빈이가 부잣집 딸도, 무용을 전공했다던 자랑이 사실이 아니라고 해서 실망할 이유는 없다. 승경도를 그려서 왕의 옆자리에 서고 싶었던 양반놀이가 사약으로 끝났을 뿐이다.

강남의 어두운 밤, 막차를 조마조마하게 기다리던 그 밤이 다시 떠올랐다. 무자비하게 이유 없이 젊은 여성을 칼로 찌르던 살인사건이 일어났던 강남대로에서 덩그러니 서있던 그 어둠 속, J의 본심을 알게 되던 그 밤은 처연했다. 사랑이 애증으로 바뀌게 되었고 격동의 마음을 진정시킬 수 없던 그날 이후, 쌓여가는 분노의 횟수만큼 하나 둘씩 증거를 수집했다. 그렇다고 처음부터 불순한 의도를 갖고 증거를 채집하려고 작정했던 건 아니다.

우연히 J의 여행 가방을 열게 됐다. 그 안에 들었던 몇 개의 통장들, 호기심에 겉장을 들췄다. 그 통장은 다달이 들어오는 후원자의 명단이 줄줄이 찍혀있었다. 난 카메라로 한 장씩 넘겨 가며 사진을 찍었다. 불쌍한 사람들이라고 생각했다. 나처럼 어리숙한 사람들이 이렇게 많다니. 하지만 바보는 아니다. 믿었기에 속았을 뿐이다. 속는 건 욕심이 있기 때문이라고 하지만 뜻을 모으는 일에 마음을 내놓는 건 당연한 일이다. J의 강의가 끝나고 J곁에 머물렀던 사람들, 심지어 어린 학생들까지 J에게 큰절을 하는 사람도 있다고 했다. 무릎을 꿇어 절을 하는 열혈 환호에 흡족한 미소를 짓던 역겨운 J의 이마에 응징의 철퇴를 내릴 때를 은근히 기다려왔다.

내 인생은 깨진 디스크가 됐다. 부서진 디스크는 조각이 나면 테이프로 붙인다 해도 사용불능이다. 죽을 때까지 죄책감에서 벗어나지 못할 거라 생각하니 견딜 수가 없다. 용서할 수 없는 자를 용서하려고 애를 쓰는 행위도 위선이라고 여겼다. 성인이 될 자격도 없지만 그럴 수 없다면 차라리 본능으로 풀어야지. 나는 성국이의 친구 병산이가 가르쳐준 확률의 논리대로 직접 물리적인 힘을 쓰기로 했다.

"물리적으로 막지 않으면 언젠가는 반드시 일어납니다."

"물리적이라…. 이해가 안 되네요."

"희박한 사건도 시간이 지나면 겉으로 드러나게 되는 게 자연의 법칙입니다."

"인과응보를 말하는 건가요?"

"그것하고 비슷하지만 이건 과학적인 견해입니다. 확률로 세상을 바라봐야 해요. 한 두 사람을 속일지 몰라도 그게 쌓이면 나중에는 본모습을 감출 수가 없거든요."

"그럼, 병산 씨는… 그 확률로 감춰진 것이 드러나는 시점을 알 수 있어요?"

"그 시점은 사람마다 다르죠. 하지만 분명한건 확률은 0에서 출발해서 1까지 간다는 거죠."

"0부터 1까지요?"

"0에서 1까지의 거리는 무수히 많은 점들로 이루어졌지만 0.9999도 1은 아니기 때문에 1이 될 때까지는 시간이 걸리는 거죠."

"그럼, 사건이 드러나도록 의도적으로 조작할 수도 있을까요?"

"불가능한 건 아닙니다. 하지만 그것도 나중에는 조작이라고 드러나겠지요?"

"조작에 대한 대가만 치르면 되겠군요."

안동에서 돌아온 후 컴퓨터를 켜고 '리벤지'라는 이름의 파일을 열었다. 이 파일 안에는 J를 한 방에 무너뜨릴 수 있는 증거들이 언제든지 출전을 기다리는 전사들처럼 들어있다. 내가 J의 이중적인 행보에도 평정심을 쉽게 찾을 수 있는 건 수집한 증거들때문이다. 정부 요직을 꿰차게 되었고, 심심찮게 대통령 옆자리에 서는 J를 바라볼 때 쓴물이 올라왔어도, 이것만 있으면 J가 당장에라도 발가락에 낀 때보다 못한 존재였음을 폭로할 수 있을 거라는 희망이 있었다. 희망? 큽, 희망이라고 생각하니 어울리진 않는다. 남의 몰락에 희열을 느낀다면 나도 그 인간하고 다를 바 없지 않은가. 그래도 남들이 모르는 비밀을 갖고 있다는 것만으로도 통쾌했다. 속으로 J를 마음껏 경멸했다. 가끔 열 받을 때면 컴퓨터 파일 안에 숨겨놓은 후원자들 명단이 기록된 통장 사진들을 꺼내 본다.

이 통장들만 있으면 J의 가면을 무자비하게 벗겨낼 수 있다는 위로가 나로 하여금 무너진 멘탈을 세울 수 있게 만들어주었다. 그 통장이 별로 쓸모가 없다는 전문가의 말을 듣기 전까지는 말이다. 나비센터 상담원이 소개해준 변호사는 군더더기 없이 쉽게 법에 대해 설명을 해주었다.

"사기죄의 경우 거래 관계를 맺을 때부터 상대방을 속이려는 생각으로 접근했을 경우에만 성립할 수 있습니다. 조금 더 일상적인 용어로 표현하자면, 애초부터 먹고 튀려는 생각을 가지고 접근한 자들을 사기라고 하는데 형사처벌을 성립하게 하려면 먹튀에 대한 의도가 객관적으로, 합리적인 의심의 여지없이 증명이 되어야 합니다만 그런데….”

그런데, 라고 운을 떼는 변호사의 어두운 표정에 나는 가슴이 철렁 내려앉았다. 법은 교묘했다. 법은 억울한 자의 목소리에 귀를 기울이는 게 아니었다. 오히려 돌로 쌓은 교도소에서 고함을 쳐봤자 밖에서는 들리지 않게 만들어버릴 수도, 반항했다는 죄목을 하나 더 추가 할 수도 있다는 권력의 또 다른 이름이었다.

“이 통장 자체로는 위법이라고 증명할 수 없을 것 같습니다. 오히려 통장유출에 대해 상대방이 사생활 침해로 역으로 반격을 할 수도 있을 것 같습니다.”

내가 오히려 무고죄를 뒤집어 쓸 수 있다는 변호사의 설명에 나는 법이 조절하는 세상의 메커니즘에 무릎을 꿇어야 했다.

“상대방이 권력을 갖고 있거나 돈이 많은 사람이라면…, 소송을 해서 이긴다는 게 아주 어렵거든요.”

“세상에 그런 법이 어디 있어요? 엄연히 제가 피해를 입은 사람인데도 법이 제 편이 아니란 말인가요?”

“법이 약자를 위한 것이긴 하지만 소송이 들어가면 진실과 거짓의 싸움이 아니라 증거와 변론의 싸움으로 뒤바뀌죠.”

“증거와 변론의 싸움이라니요?”

“법이야 해석하기 나름입니다. 증거가 확실해도 해석을 어떻게 하느냐에 따라 결과가 달라집니다. 받은 피해 때문에 고통스럽긴 하겠지만 잊고 새 출발하시는 게 현명할 겁니다."

잊어버리라니, 안 될 말이다. 총3부의 보고서를 만들었다. 서류철에 보관했던 3장의 무통장 입금표를 복사했다. 내가 J에게 후원금을 송금했던 입금표다. 적지 않은 돈을 3번이나 J에게 송금했다니. 정신이 나가도 보통 나간 게 아니었다. 미련함이 가슴을 훑으며 한숨으로 새어 나왔다. 그간 주고받았던 이메일 기록도 남김없이 프린트했다.

그리고 긴 편지를 썼다. 모함하는 건 아니다. 담담하게 지난날에 대해 서술했다. 더함도 없고 빼냄도 없이 있는 그대로 일어났던 일을 일지처럼 써내려갔다. 한 부는 J와 즐겨 통화했던 국회의원, 그리고 또 하나는 청와대, 그리고 다른 한 부는 J가 속한 기관의 직속 상관인 장관 앞으로 썼다. 누런 큰 봉투에 받는 사람의 이름과 주소를 썼다. 모든 준비를 마친 후 경찰서로 향했다.

"저, 실종신고를 좀 하러 왔는데요."

"실종신고요?"

"이름은 황설빈입니다."

"실종자와의 관계는 어떻게 되세요?"

"아는 언니예요."

"실종된 건 맞나요? 가출한 게 아니고요?"

"연락도 없고 제 사무실에 그녀의 짐이 그대로 있어요. 어떤 남자의 전화를 받고 나가서는 돌아오지 않았어요."

"어떤 남자요?"

설빈이가 마지막으로 전화를 건 사람이 J였다는 말을 흘렸다.

경찰서에 황설빈을 실종자로 신고접수 시킨 후에 J에게 전화를 걸었다.

"저예요. 오늘 만날 수 있어요?"

언제나 J가 먼저 연락을 해야 만날 수 있었다. 내가 만든 다큐멘터리로 상을 탄 직후에 만나자고 연락을 해왔던 그의 청을 이제야 수락한 셈이다. 그는 여전히 그 호텔, 같은 룸에 머물렀다. 고정고객에 대한 호텔 측의 배려다.

나는 거침없이 프론트 직원에게 룸 키를 달라고 말했다.

"정구경 씨를 만나러 왔는데요."

나는 감추지 않고 나의 존재를 밝혔다. 룸 키를 받고 문이 열리는 승강기 안에 얼른 발을 들이밀었다. 룸 카드가 없으면 승강기를 탈 수 없었을 설빈은 어디쯤 서있었을까, J가 직접 로비로 마중을 나왔을 것이다. 그 둘은 승강기 안에 설치된 CCTV를 의식하며 서로 모르는 남남처럼 모른척했을 테지. 이내 문이 닫힌 승강기는 위층으로 향했다. 10층에서 멈췄다. 나는 심호흡을 하고 1022호 앞에 섰다. 문이 열리고 종이 박스가 여기저기 놓여있는 룸 안으로 들어섰다. 예상대로 J는 놀라는 표정을 지었다. 룸 카드가 없는데도 방에 들어선 나를 보고 기겁을 했다.

"어! 어, 어떻게 들어 온 거야? 룸 키는?"

"한국을 떠나나요?"

짐을 싸는 모양인지 여행 가방이 열려진 방안은 어수선했다.

"곧 다시 돌아올 거야. 그러잖아도 연락을 하고 싶었는데…."

연락하고 싶었다? 그런 변명이 이제는 서운하지 않다. 나는 익숙하게 싱크대로 가서 비치된 일회용 커피 포장을 뜯었다. 물을 끓이는 시간이 1시간처럼 길게 느껴졌다. 달짝지근 설탕 향을 코로 흡입하며 커피잔을 들고 소파에 앉았다.

"아, 참! 상 탄 거 축하해! 그런데 혹시 나처럼 정계에 진출할 생각은 아니지? 그런 자리는 아무나 꿈꿀 수 있는 자리는 아니야."

징그러웠다. 그의 말이 거머리처럼 내 몸에 철썩 달라붙었다. 축하한다는 말은 진심이 아니고 비웃는 거였다.

'너도 내 흉내를 내니?'

분했다. 수전증처럼 손이 떨려서 컵이 다닥다닥 흔들렸다. 들키지 않으려 엄지와 검지에 힘을 꽉 주었다. 우리는 밀착된 기간만큼 서로를 너무도 잘 알았다. 말을 하지 않아도 서로 머릿속에는 팽팽하게 다음 수를 재고 있었다.

"그 말해주려고 저더러 만나자고 한 건가요?"

"그럴 리가 있나."

J가 옆으로 바짝 다가와 나를 안으려 했다. 어깨에 그의 손이

닿자 나는 목이 마르다며 벌떡 일어나 냉장고로 향했다. 냉장고 안에 있는 물병을 꺼내 뚜껑을 비틀어 마개를 연 후 병째 물을 마셨다. 쏟아내고 싶은 말들, 가슴에서 소멸됐던 분노의 단어들, 흐르지 못했던 눈물들을 달래기 위해 나는 숨을 들이쉬었다. 겨우 감정을 추스르고 입을 열었다.

"착각하지 마세요. 난 최소한 인간에 대한 존엄은 지켜줄 줄 아는 사람이라고요. 누구처럼 약자를 앞세워 자신의 이익을 취하는 가면 쓴 사람하고는 다르다고요."

"누구처럼?"

나를 말하는 거니? 집게손가락으로 자신의 가슴팍을 가리키며 나를 바라봤다. 자신을 가리키는 말이냐 묻는 J의 시선을 피했다. 내가 어버버 말을 제대로 하지 못했던 것도 말주변이 없어서가 아니라 J의 눈빛이 내 피부에 닿으면 나도 모르게 소름이 돋고 진땀이 났다. 무기력에 빠져있다는 것조차 깨닫지 못할 정도로 나는 뭉개졌었다. 하지만 이제 곧 살의가 느껴지는 눈빛은 흐려질 것이다.

"날 한 번이라도 사랑했던 적이 있었나요?"

"갑자기 사랑타령을 하고 그래?"

사랑타령? 그건 답이 아니라 비웃음이었다. 차라리 선물을 구걸하는 편이 더 옳은 행동이었는지 모른다. 이런 작자에게 사랑을 입에 올리다니. 사랑을 모독하는 일이었다.

"황설빈이라고 아시죠?"

나는 천천히 고개를 들어 직선거리로 J를 응시했다. 특별히 J의 눈동자의 변화를 보고 싶었다. 갈색의 눈동자도 나를 바라봤다. 떨림이 있었나? 파르르한 눈 근육이 조였다 풀어졌다. 찰칵찰칵 스냅샷을 찍듯 낯빛이 검은색으로 변하고 웃음기가 가신 차가운 J의 표정은 정지된 초상화였다. 먼지가 내려앉는 소리도 들릴 정도로 고요한 침묵이 잠시 흘렀다.

"모…르…는…데?"

"설빈을 몰라요? 황설빈?"

"아, 설…빈? 그런데 밀양이가 설빈을 어떻게 알지?"

"아는 동생이에요."

"아, 하. 그래? 우연치곤 신기하네. 그, 글쎄 요새 통 연락이 없더라고."

"연락이 없어요?"

"…."

침묵이 흘렀다. 그 침묵이 무엇을 의미하는지는 알 필요가 없었다.

"설빈이가 마지막으로 어떤 남자의 전화를 받고 나갔는데…."

"뭐야? 지금. 그게 나라는 말이야?"

"아니면 됐고요. 그거 확인하러 왔어요."

민첩하고 용의주도하게 두뇌 회전이 빠른 사람도 놀라면 턱을

헤벌쭉 벌리는 모양이다. 바보처럼 입을 벌리고 다물 줄 모르는 J를 뒤로하고 호텔 방문을 닫았다. 이제 곧 세상은 발칵 뒤집히겠지. 썩은 고기를 기다리는 하이에나처럼 일제히 달려들어 J의 살점을 물어뜯을 것이다. 멸균되지 않은 현란한 말솜씨로 사람들 앞에서 정의를 부르짖고 약자를 위하는 척 가식적인 J를 두고 볼수는 없다. 그동안 그가 누렸을 혜택이 많았으므로 이젠 그 자리에서 내려와야 된다. 권력은 고무신이다. 고무신은 언제고 찢어진다. 뚫어진 고무신은 버려야 한다. 미련을 버리지 못하고 권력에 집착하는 J에게 나는 돌을 던지기로 했다.

그날 저녁 9시 뉴스에 정구경의 이름이 마른 장작에 순식간에 불이 붙는 횃불처럼 일제히 거론되었다.

방금 들어온 속보를 알려드리겠습니다. 정구경 씨가 배임혐의와 직위를 이용한 권력남용으로 검찰에 넘겨졌습니다. 자세한 소식은 곧 들어오는 대로 전해드리겠습니다. 정구경 씨는 전 새론전략연구소 위원장을 역임했고 위안부 할머니의 일생을 집필해서 화제가 되었던 베스트셀러 작가이기도 합니다.

나는 집을 나왔다. 나는 사랑을 받지 못했고 그 서운함을 꾹꾹 눌러왔다. 남편은 살쾡이의 발톱처럼 무참하게 내 감정을 할퀴었다. 지겨운 이 생활을 청산하고 싶은 마음이 울컥하고 올라왔다.

끊임없이 슬픈 감정을 제조하는 관계가 가족이라니. 내가 J를 만날 수밖에 없는 이유를 정당화시키고 싶게 만드는 남편이다. 분명 나도 도덕과 윤리를 따진다면 잘 한 건 아닌 걸 안다. 남편의 예의 없는 행동에는 꼿꼿이 뻗대고 어깃장을 놓고 싶다. 남편에게는 작업 때문에 당분간 사무실에서 지낼 거라고 둘러댔다. 앞으로의 나의 거취는 확실치 않다. 지금 필요한 건 휘저은 흙탕물이 가라앉을 시간이다.

남편은 안동을 다녀오느라 며칠 집을 비웠던 내가 못마땅한지 마음을 풀지 않았다. 현관문을 열고 집안으로 들어오는 나의 기척을 알면서도 남편은 눈길을 주지 않았다. 등을 돌리고 앉은 남편의 등허리에서 불만이 가득한 얼굴표정이 전해졌다. 남편은 손바닥 부근에 포비돈을 칠하고 있었다.

"뭐해?"

"배달 갔다가 개한테 물렸어."

"개한테? 병원에 가야 하잖아?"

"여편네가 살림은 안하고 맨날 밖으로 나돌아다니니 이런 일이 생기는 거지."

"아니, 당신이 개한테 물리는 거랑 나하고 무슨 상관이야?"

"끝까지 잘못했다는 소리를 안 해요."

"뭘 잘못했다고 그래?"

"지금 나한테 대드는 게 잘못한 거라고."

"개한테 물린 걸 내 탓이라고 하는 당신 말이 틀렸다는데 그게 뭐가 대드는 거야?"

"내가 이러니 밖에 나가도 일할 맛이 안 난다고. 별쭝맞은 여편네 같으니라고."

와자작 자존심을 짓뭉개는 소리를 하며 남편은 방으로 휙 들어갔다. 엉켜버린 인생의 실타래를 풀어야 하는 기회는 매번 이렇게 허무하게 몰아쳤다. 자신의 불운을 남 탓으로 돌리는 남편의 투정은 어제오늘 듣던 불만이 아니다. 그 투정에 나는 늘 먹어도 배가 고팠다. 우리는 서로에게 자신의 밥공기를 채워달라고 외쳤다. 결혼이 화합을 의미하는 건 아니었다. 그래서 그런지 결혼하면서 생겨난 감정 쓰레기는 소각되지 못하고 가슴 속에 쌓여만 갔다. 서로의 감정을 숨긴 채 남편은 빈정대며 자신의 사랑을 요구했고 나는 침묵으로 남편의 요구를 묵인했다. 겉모습으로는 번듯하게 아내와 남편이라는 가정의 형상만 갖췄을 뿐 속을 들여다보면 서로 자신의 욕구를 채워달라고 으르렁거렸다. 자신을 알아달라는 남편의 외침을 듣지 못했던 게 전적으로 내 잘못이라고만 할 수 있는 건가? 그 틈새를 J가 스며들었다는 걸 부인하진 않겠다. 남편이나 J나 따지고 보면 그 둘 어느 누구도 나를 아껴준 사람은 없다. 배려하고 했다면 그건 배려한 게 아니라 그들의 필요에 의해 나는 사용됐을 뿐이다.

결말 짓지 못하는 나처럼 세상도 비틀거리고 있었다. 코로나바이러스에 감염된 후유증은 생각보다 심각한듯했다. 확진되었다가 회복된 사례가 속속들이 뉴스에 등장했다. 바이러스가 창궐한다고 전부 확진자가 되는 건 아니겠지만 매사가 조심스럽다. 폐가 손상을 입는 건 물론이고 완치가 되어도 미각과 후각이 제 역할을 못한다고 하니 누군들 두렵지 않을까싶다. 냄새를 맡지 못하는 건 코안의 점막이 손상된 탓이다. 입맛도 잃었으니 사는 즐거움의 절반은 사라졌다고 봐야한다. 성욕을 억제해야 하는 나는 사는 의미의 전부를 잃고 말았다. 인체로 들어오는 바이러스에 정복당하지 않기 위해 부지런히 비타민 C를 챙겨먹고 있다. 프로폴리스는 최근 먹게 된 건강보조제다.

산책도 빼놓지 않는다. 멀리서 산장카페가 보인다. 설빈이 실종되기 전 같이 들렀던 카페다. 농담을 하며 이 길을 걸을 때만 해도 그녀가 거품처럼 사라질 거라곤 상상도 못했다. 설빈이 J와의 관계에서 바이러스를 주고받았을 뿐 아니라 내게도 전달했다는 감염경로는 이제는 검증이 불가능해졌다. 코로나바이러스로 2m라는 사람의 물리적인 거리가 정해졌다. 하지만 성기에 침투하는 바이러스라면 아예 성적접촉을 말아야 한다. 머릿속으로는 그래야 된다고는 알고 있어도 그걸 지킬 수 있는 사람이 얼마나 될까. 같은 피부조직이라 해도 바이러스의 침투 경로에 따라 병이 주는 혐오감도 달라진다. 코나 입을 통해 들어온 놈들이라면 좌절감은 덜했을지도 모른다. 오로지 성관계로만 침투하는 바이러스라면 겪게 될 고통은 미각 후각을 잃은 상실감의 몇 배이다. 바이러스가 성기 점막을 뚫고 신경조직 어딘가에 들어와 살고 있다고 떳떳하게 말할 수도 없다. 병원에 가서도 우물쭈물 모기만 한 목소리로 항바이러스제 처방전을 달라고 해야 한다. 한 달에 한 번만 처방할 수 있는 약이라니, 재발이 2주마다 발생하면 여러 병원을 전전해야 한다. 단순포진이 발생하는 부위가 입 근처라면 그나마 다행이다.

성기에 난 피부병을 사람들은 성병이라고 불렀다. 얼마나 부끄럽고 치욕적인 단어인가. 불경한 단어, 성기는 신체를 지칭하는 낱말이지만 함부로 입에 올릴 수 없는 단어다. 부정과 쾌락을 연상하게 만들기 때문이다. 부적절한 남녀의 교접은 쾌락의 문을 활짝 열게 만든다. 한 번 그 맛을 접하면 끊을 수가 없다. 죄책감을 동반한 쾌락은 병든 쾌락이다. 나는 이미 심리적으로 환자가 되고 말았다. 환자가 되었으니 요양이 필요하다.

경찰에 설빈의 실종신고를 한 날, 나는 산장카페를 찾았다. 내가 둘레길 정상을 올랐을 때 산장주인은 장독뚜껑을 닦고 있었다. 그녀의 미소는 은빛 종이 울리듯 은은했다.

"오늘은 혼자 오셨네요. 동생분은 안 왔나요?"

산장주인이 설빈을 기억하고 있었다. 내가 기억하는 것처럼 우유를 바른 듯 뽀얀 피부 빛깔이 꼭 썩지 않게 하는 영생수를 마신 것 같다고 그녀의 미모를 두고 칭찬했다.

"실종신고를 했어요. 그 친구가 여러 날 연락이 안 되어서요."

파리한 안색의 주인 얼굴이 더 창백해졌다. 몹시 놀라는 눈치
다.

"조금 더 기다려보지 그래요. 핸드폰은요?"

"갖고 가질 않았더군요."

"저런! 그럼, 정말 이상한 일이네⋯."

갈 곳 없는 나와 더 이상 숨을 곳을 찾지 않는 산장주인과의 대
화는 밤이 깊도록 이어졌다. 산장주인은 나를 위로한다며 된장찌
개를 끓여 내왔다. 막된장으로 끓였다는 찌개 맛은 여느 맛이 아
니었다. 깊은 맛이 묵직하게 혀끝에 퍼졌다. 곰삭은 장아찌로 나
는 밥을 두 공기나 비웠다.

"당나귀 귀를 본 이발사의 고통이 어떤 건지 알아요?"

"비밀을 간직하고 있다는 거 아닌가요?"

"모든 걸 공유했어요. 자기 것을 거부하고 공동으로 나누어야
한다는 게 우리들의 생각이었죠. 그땐 그게 법이고 질서였어요.
그게 착취의 명목이 될 거라고는 추호도 의심할 수가 없었지요.
혼숙이 가능했던 것도⋯."

"혼숙이요?"

"뜻이 맞으면 모든 걸 나누어야 한다며⋯."

세상과의 인연을 끊고 절로 들어가려 했다던 산장주인이었다.

지꺼분한 세월을 침묵으로 버텨왔을 인내심이 왠지 답답하다. 하소연할 데가 없었다는 여인은 세상에 속하지도 속세를 떠나지도 못한 채로 살아가고 있었다.

"기득권을 갖고 있는 건 남자들이었잖아요? 그 불합리를 어떻게 맞서겠어요? 그래도 요새 젊은 여자들은 용기가 좋아요. 예전에 나 젊었을 때는 꿈도 꾸지 못할 행동이지요."

용기도 사회가 맞춰주지 않으면 발휘할 수가 없는 일이라며 산장주인은 뒷정리를 시작했다. 나는 그녀에게 원한을 품고 살면 어떻게 되는지 묻고 싶었으나 끝내 입을 열지는 않았다. 산장식당은 문을 닫아야 했으니 나도 둘레길 아래를 내려가야 했다. '자고 가'라는 주인의 배려에 자칫 마음이 쏠릴 뻔했다. 아니, 그곳에 머물다가는 밤을 지새우며 감추고 싶은 비밀을 털어놓게 될 것 같았다. 잘 알지도 못하면서 정의를 부르짖고 무턱대고 불의에 흥분하며 한 번 마음을 정하면 절대로 마음을 바꾸질 못하는 나는 J의 밥이 되기에 딱 적합했다. 그런 내 이야기를 듣는다면 산장 주인이라 할지라도 내 편을 들어주진 못하리라. 제 발로 걸어가 목을 내놓았는지 타인에 의해 호구가 됐는지는 중요하지 않다. 무엇이 됐던 죄책감이라는 뜨거운 돌덩이를 껴안은 채 부정의 길에 들어서고 말았다. 명치끝에 뭉쳐 비걱대는 비밀의 무게를 덜어내고 싶은 마음이 굴뚝같았다. 두발장이는 결국 대나무 숲에다 임금님 귀는 당나귀 귀라고 외치고 말았지만 나는 끝내 입을 다물었다. 부정한 것과 불의한 것은 전혀 다른 문제이기에.

　　실종신고가 들어왔는데요. 20대로 알려진 실종자의 신원이 황설빈씨로 밝혀졌습니다. 그런데 황 씨의 실종에 정구경 씨가 연관되어 있다는 소식입니다. 현재 정 씨는 배임혐의와 직권남용으로 검찰의 수사를 받고 있습니다. 게다가 임금을 제대로 지불하지 않아 노동착취의 혐의도 받고 있는데요. 그 소식이 전해지자 그동안 받아야 할 대금을 받지 않았다는 사람들이 속속 드러나고 있습니다. 전 전략연구소 위원장을 역임했고 위안부 할머니의 일생을 집필해서 화제가 되었던 베스트셀러 작가가 이럴 줄 몰랐다며 정 씨 측근들도 받아들이기 어렵다는 반응을 보이고 있습니다. 실종된 황 씨와 정 씨와의 관계가 밝혀지는 대로 곧 전해드리겠습니다.

　　연일 정구경에 관한 뉴스로 미디어매체가 들끓었다. 그에게 후원을 했다는 사람들의 경악된 반응이 뉴스 화면에 나왔다. 후원금을 개인적인 용도로 착복했다는 정황까지 자세히 밝혀졌다. J에게 엮인 사람들이 나뿐이 아니었다.

　　그래도 세상은 의심이 반 믿음이 반이다. 여전히 J가 그런 인물은 아닐 거라고 부인하는 사람이 있다. 하지만 내가 제보한 증거물만으로도 이제 J의 간택은 끝났다. 제보라는 물리적인 힘은 강력하고 확실한 것이어서 어떤 번지르르한 제안서를 들이밀어도 한국 땅에 J가 설 자리는 없다.

강남역으로 향했다. 설빈이 맨 처음 J를 만났다는 은행으로 갔다. 현금지급기에서 송금했다.

받는 사람 이남희, 보내는 사람 황설빈.

10번 출구로 향했다. 걷다가 걸음을 멈췄다. 사람들이 지하도 앞에 모여 있었다. 기존의 포스트잇이 붙었던 보드를 떼어내고 새로운 보드 판이 설치될 모양이다. 인부로 보이는 남자들이 고정시켰던 나사를 풀고 있었다. 45도로 기울어진 게시판에 붙어있는 종이가 무게 없이 나부끼다 땅바닥에 떨어졌다. 나는 그제야 펜을 꺼내 종이에 끼적끼적 적었다.

"이젠 그거 붙여도 소용없어요. 이 게시판 철수하는 거라니까요."

"이거 하나만 붙일게요."

나는 인부들이 말리는 데도 이제 곧 소각장으로 향할 나무판에 포스트잇을 붙였다.

'우리가 외면한 세상은 바로 옆에 있다.'

나는 사무실로 갔다. 그다음 날도, 그다음 날도. 설빈은 돌아오지 않았다. 그녀의 가방만 그녀가 앉던 의자 위에 놓여있다. 그녀는 돌아오지 않을 것이다. 그녀는 아무도 찾을 수 없는 나의 해마 속에 묻었으니까.

─언니, 여자만 억울하게 당할 게 아니라고. 성적 노리개로 함부로 대하는 놈들을 역으로 등치면 되지. 권력을 지닌 자들이 제일 무서워하는 게 뭔지 않아? 그건 은밀했던 자신의 성적비리가 드러나는 거지. 그런 얘기 못 들었어? 장난으로 '오빠, 연락 줘'라고 메시지를 보냈더니 통장에 돈이 들어왔다잖아!

정의를 꿈꾸는 건 절망에 푹 절은 인간이 어깨를 기대는 내일 같은 것 일게다. 세상이 정의롭지 않은 채로 돌아가는 것만 봐도 정의는 현실세계에서는 이룰 수 없는 영역으로 보여진다. 정의를 향해 달려가는 길에 정답이 있는 것도 아니다. 뒷산 산책로로 향했다. 멀리 산장카페가 눈에 들어온다. 잠시 걸음을 멈췄다. 가을이 깊어지고 있었다. 거리에는 생명을 다한 낙엽들이 바삭거리며 마구잡이로 흩날렸다. 마스크를 벗지 못하는 사람들의 눈빛도 가을처럼 시들어가는 것 같았다. 지난여름 지독하게 퍼부었던 장마의 후유증은 예상대로다. 비 때문에 녹아버린 채소 가격은 일제히 올랐고 김장용 배추 값도 오를 거라는 전망이 코로나로 인한 상실감보다 현실의 무게를 더했다. 드문드문 산길을 오르는 사람들의 발걸음도 뜸해지리라. 사람과 사람이 간격을 두어야 하는 뜬금없는 시절이니 겨울이 찾아와 사람들의 왕래가 끊긴다고 이상한 일은 아니다. 지금, 저 등산객처럼 우연히 이곳을 찾는 이도 당분간은 없겠지. 김장용 배추를 소금에 절이며 가을털이를 하고 있을 산장주인을 떠올리며 나도 천천히 발길을 돌렸다. 불의에 순응하고 살아온 산장주인에게 그 말은 건네야 할 것 같다.

잘못을 저질렀다고 해서 불의를 묵인할 수는 없는 일이었다고.

포스트잇

초판 1쇄인쇄 2022년 4월 17일
초판 1쇄발행 2022년 4월 20일

저 자 권소희
발행인 박지연
발행처 도서출판 도화
등 록 2013년 11월 19일 제2013-000124호
주 소 서울시 송파구 중대로34길 9-3
전 화 02) 3012-1030
팩 스 02) 3012-1031
전자우편 dohwa1030@daum.net
인 쇄 유진보라

ISBN | 979-11-90526-75-3 *03810
정가 13,000원

도화道化, fool는
고정적인 질서에 대한 익살맞은 비판자,
고정화된 사고의 틀을 해체한다는 뜻입니다.